이해할 차례이다

# 이해할 차례이다

**권박 시집**

민음의 시   266

민음사

그 예언가는 이름 없는 이름이다.

나는 그 예언가로부터 과거를 예언받았다.

그 예언가로부터 받아 적은 나의 과거를,
당신들은, 펼쳐 볼 것인가, 펼쳐 보지 않을 것인가.

2019년 12월
권박

# 차례

## 필요한 건 현실이다 말하는 너에게 허구로 만들어 버리는 나의 입으로부터

점괘로 말하면 나는 독사에게 물려도 죽지 않는 돼지.

추리소설식으로 말하면 나는 살인자의 망치 혹은 독살자의 컵.

인간적으로 말하면 나는 필라델피아 주변을 돌고 돌다가 디트로이트에서 모피를 밀수하는 프랑스인.

나의 문제는 내가 방에 홀로 있지 못한 데서 비롯된 것이라는 파스칼식의 충고를 하는 대신 대화를 나눠 줄래? 어차피 대화란 성공적인 오해니까 실패한 대화가 된다고 하더라도 괜찮아. 이미 충분한 슬픔이어서 나는 절대 슬프지 않지. 슬픔이 충분하지 않으면 나를 벌레처럼 삼등분하지. 그래도 슬픔이 충분하지 않으면 말이 되지. 말 위에서 던진 칼 같은 말은 멈출 수 없는 말의 발굽으로 말의 머리에서 머리의 말로. 어떤 말에도 동요 없이 안정된 자세를 유지하는 건 결핍의 결핍으로 결핍했기 때문이지. 동의의 의미는 캐러셀 캐러셀 캐러셀 세 번 외쳤지. (거짓)말은 세 번째에 신빙성을 갖춘다고 믿으니까. 현실은 허구의 일종이니 허구도 현실의 일종 아니겠니? 내게 필요한 건 현실이라는 방이 아니라 허구라는 입. 그러니까 충고를 하는 대신

(죽지 않는 돼지) (살인자의 망치/독살자의 컵) (밀수하는 프랑스인)인 나와 대화를 나눠 줄래?

# 리스트 컷(wrist cut)

— 죽음에 대해 알아 갈수록 죽음과 나와의 거리를 직시하게 될 것

    나는 나에 대해 말하기 위해[1] 앵무새를 키웠다. 앵무새가 나의 얼굴에 부리를 그었다. 총을 쐈다. 앵무새처럼 밝음을 반복해서 보여주는 저, 태양에게. 다량의 수면제를 먹였다. 코뿔소처럼 밝음을 전투적으로 보여주는 저, 태양에게. 또, 실망이 나팔꽃 줄기처럼 뻗어 나간다. 이번에는, 눈물이 레몬처럼 달고 얼음처럼 따뜻하다. 내가 되기 위해 나를 따라했던 나는, 줄줄…… 잠시만요, 찬장에, 찬장에서…… 쌓아 놓았던 썩은 양파 같은…… 눈물이 깎은 손톱처럼…… 이를 어쩌나? 어떻게 해도 말끔하게 청소되지 않는 슬픔이 기진맥진한 채 찬장 안쪽에 있는 포름알데히드 병을 꺼낸다. 잿빛으로 질질 떠다니는 살점이다. 실패의 모습이다. 코를 찌르는 본능이다. 정전이 되었던 신경이다. 내가 가장 최선을 다할 수 있는 것이 죽음이라고 생각했을 뿐인데. 오늘이 컷, 되어도 오늘인 이유를 물어보는 건 실패에게 "왜 충실하지 못했니?" 물어보는 것과 같지 않나?

1) 나는 나에 대해 말하기 위해 자살했다. "나와 함께 나라는 인간을 속속들이 파고들어 분석하고 마침내 내가 나 자신을 이해하도록 도와줄 만큼 한가한 사람은 없"으니까. 자살은 "아기"니까. 최근 고안한 자살 방법은 지금까지 썼던 방법 중 가장 마음에 든다. 칼이란 칼은 모두 꺼내 식탁에 올려놓은 다음 찬장 안쪽에 있는 포름알데히드 병을 꺼내 칼들 사이에 놓는다. 그리고, 본다. 나의 살점이 떠다니는 포름알데히드 병을 보는 동안의 나는 "엄마의 자궁 속으로 도로 기어 들어가"고 있는 중인 나다. "사산한 내일의 작은 기형아들이 옹기종기 누워 있는" 엄마의 자궁 속에 있다 보면 "기진맥진한 불면의 혈액이 혈관 속에 질질 기어다니고, 공기는 비로 탁해져 잿빛으로 변해 버리고, 길 건너에 사는 빌어먹을 난쟁이들은 죄다 몰려와 도끼며 송곳이며 끌 따위로 지붕을 퉁탕퉁탕 두들기고 있고, 타르의 지옥 같은 악취가 코를 찌"르는 상태가 되는데, 그 상태로 버지니아 울프의 "자살을 다시 재현"해 보면서 "버지니아 울프는 왜 자살했을까?" 생각한다. "사라 티즈데일을 비롯해 그 수많은 영민한 여성들은 왜 스스로 목숨을 끊었을까? 신경증 때문에? 그들의 글은 과연 깊은 본능적 욕구의 승화(아, 이 끔찍스런 단어)였던 것일까? 그 해답을 알 수만 있다면. 내가 삶의 목표를, 삶의 조건을 얼마나 높이 내걸어야 하는지 알아낼 수만 있다면!" 그러나 이번에도 해답을 찾지 못한 나는 "칼들을 서투르게 들고 휘"두르며 "칼처럼, 몸을 돌릴 때마다, 칼을 중심으로 돌면서, 펄떡펄떡"거리다가, "펄떡펄떡" 떨어져 나가는 살점에 흠칫 놀라 칼을 떨어뜨려 버리고 만다. 또, 실패구나. 용의주도하지 못했기에 "실패 속에서도 더듬으며 열심히 파악해 보고자 하지만, 도대체 어쩌다" 이렇게 되었을까? 자책하게 된다. 그렇지만 내가 가장 최선을 다할 수 있는 것이 죽음이라고 생각하고 "자살은 용기 있는 행동"이라고 믿기에, 떨어져 나간 나의 살점을 포름알데히드 병에 넣으며 "내 평화와 온전함에 친절하게 굴기보다는 내가 스스로 칼로 벤 상처에 더욱 충실"할 것임을 다짐한다. "지금까지 나는 피를 너무 많이 흘려서 이미 백지장처럼 하

얇게 변해 버렸으니, 칼에 찔렸던 상처도 금욕한다 해서 더는 치료될 수 없"지 않겠는가. "나는 나에 대해 말하기 위해 자살했다."고 말했고, 당신은 그런 나를 「실비아 플라스에게 빠진 여자」(장정일, 『햄버거에 대한 명상』, 민음사, 1987)라고 치부하며 『실비아 플라스의 일기(The Journals of Sylvia Plath)』를 옮겨 적는 나를 "이해할 수 없다"고 "미쳤다"고 "제발 현실을 직시하라"고 "모욕을 가했"다. 나는 "자살"을 시도한 사람들의 말을 "진실"이라고 "전적으로 믿게" 되는 걸 어떻게 하느냐고 그러므로 그와 같은 방식으로 "흉측스런 징표와 흉터를 뺨에 달고 무덤에서 뛰쳐나오는 일이 주는 감각적 매혹"으로 "죽음에 아주 가까이 다가갔"을 뿐이라고 어차피 "내일은 죽음으로 향한 또 하나의 하루"일 뿐이라고 말했고, 당신은 어떻게 "몽상가들이 꿈꾸는 것은 현실"이라고 말할 수 있냐고 말했다. 당신이 나의 어머니처럼 나를 "수치"스럽게 받아들인다고 하더라도 나는 "뻔뻔스럽고 당돌"하게 자살할 것이다. "결국 이 세상은 남자들의 세상이라는 사실로 다시금 귀결"되고 "여자로 태어난 게 나의 끔찍스러운 비극"이기에, "페니스와 음낭이 아니라 가슴과 난소의 싹을 틔울 운명을 타고"나 "엄격한 한계 속에 갇혀" 버렸기에, "기껏 남의 정서를 맡아 관리해 주는 관리인이나 아기 보는 사람, 남자의 영혼과 육체와 자존심을 먹여 살리는 유모 노릇이나 해야" 하기에, 죽음에 대해 알아 갈수록 죽음과 나와의 거리를 직시하게 된다고 하더라도 나는 나에 대해 말하기 위해……

1부

# 공동체

자살은 국가에 반역하는 과오라는 말을 부정하며 주카이에게 갔다.
주카이는 내게 죽음처럼 생긴 모자를 건넸다.
혼자 모자 안으로 들어가려고 하는 나를 꺼내는 사람들은 무엇인가.


죽고 싶어, 주카이, 나는 마술사의 모자처럼 모자라지
않으면서 모자란 사람이니까,

사람들은 늘 내가 보는 앞에서 떠나가, 그때마다 이미
죽은 생각은 무릎을 웅크리며 "그런데 무덤은 왜 공동체처
럼 몰려 있는 거지?"

죽어서도 국가를 만드는 사람들로 인해 나는 잡초처럼
뽑힌 기분이야, 주카이

공동체에서 떨어졌기 때문에 무덤은 나를 꺼내려 하고
개인의 자격으로 나는 무덤 같은 모자 안으로 들어가려
하고

정말 죽고 싶었는데, 망각이 위로가 되는 곳에서도 나의
우울은 2센티나 자랐지,
온몸이 붓지 않을 정도로만 실패한 나는 네 이름을 불

렀는데, 주카이,

　네 이름만 부르면 죽고 싶어, 모자 안에서보다 더 모자 같아졌는데,

　아직 내가 살아 있는 이유는 준비되지 않는 마술이기 때문일까, 사람들에게 받아들여질 수 없는 마술이기 때문 일까?

# 동굴

바람은 블라디보스토크로 펜실베이니아로 콘수에그라로 분다.
걷어내는 바람, 걷어차는 얼굴, 걸어가는 사람, 모든 곳에 있는 동굴.
묶인 채 불고 있는 바람, 묶인 채 붙어 있는 얼굴, 동굴에 묶여 있는


사람아…… 네게서 받은 학대를 꺼내 놓고 확대시켜 보
았다. 학대의 수위만큼 바람이 불었다. 바람은 깊이의 방향
으로만 불어서 동굴이었다. 동굴은 밤의 골수. 골수가 다
마른 밤이 새하얀 종잇장처럼 펼쳐졌다. 의도를 왜곡해서
듣는 내가 문제라고 했는데, 확대경 속에서 바람의 손톱이
돋아나고 있는 것을 발견했는데, 그 손톱에 긁힌 나는 그
래서 동굴이었다.

## 자정은 죽음의 잉여이고

　자정은 죽음의 잉여이고, 자정은 무녀처럼 불가능성의 가능성을 보여 주었으므로, 자정은 끊어진 입술을 반복하고, 반복은 불안을 반복하고, 불안은 뼈대 없는 추측의 자세 같고, 추측은 몸 곳곳에 손톱자국을 예쁘게 기르고, 독사처럼 꿈틀거리는 손톱자국이고, (그와 동시에 독사는 경멸과 닮은 자신에 대해 말했는데 "할 말이 없는 얼굴로 하고 싶은 말을 하는" 자해의 방식과 같은 방식이었다) 칼을 든 경멸이구나, 그저 그런 경멸이구나, 경멸에 충실해서 조롱이구나, 조롱에 가까워서 패배했구나, 패배에 감염될수록 잉여스럽구나, 잉여스러운 자정이구나, 죽음을 알고 싶은 마음과 죽음을 알고 싶지 않은 마음이 겹치는 시간을 자정이라고 하는구나, 자정이 커브를 틀면서 '오늘은 늘 오늘이구나'라고 혼잣말한 것을 듣는 사람이 있구나, 그 사람은 자정의 방식과 같은 방식이구나, 나는 그 사람의 방식과 같은 방식이구나, 자정이었으므로……[1]

1) 자정이었으므로 "내팔이면도칼을 든채끊어졌다.(「오감도 시 제13호」)"
나는 "자세히보면무엇엔몹시 위협당하고있는것처럼새파(「오감도 시 제
13호」)"랗게 질린 내 두 개의 팔을 땅에 묻었다. 땅에 주도면밀하게 묻
어 둔 수많은 "잃어버린내두개의팔(「오감도 시 제13호」)", 그 위에 내 두
개의 팔을 묻는 동안 "나는 죽어도 좋았(「봉별기(逢別記)」)"다. 이상, 당
신은 "나에게, 나의 일생에 다시없는 행운이 돌아올 수만 있다 하면 내가
자살할 수 있을 때도 있을 것이다(「십이월 십이 일」)"라고 말하지 말았
어야 했다. 당신은 "여섯 달 잘 기른 수염을 하루 면도날로 다듬어 코 밑
에 다만 나비만큼 남(「봉별기(逢別記)」)"기는 대신 그 면도날로 당신을
찔렀어야 했다. "죽지 못하는 실망과 살지 못하는 복수, 이 속에서 호흡
을 계속(「십이월 십이 일」)"하겠다는 당신의 "손에 한 자루 서슬 퍼런 칼
을 쥐여(「동해(童骸)」)"주자 "(아하 그럼 자살을 권하는 모양이로군, 어
려운데—. 어려워, 어려워, 어려워.)(「동해(童骸)」)"라고 되뇌다가 "펜은
나의 최후의 칼(「십이월 십이 일」)"이고 "종잇조각은 한 자루 칼보다도
더 냉담한 촉각(「환시기(幻視記)」)"이라고 하면서 "무서운 기록(「십이월
십이 일」)"을 남길 시간을 달라고 했다. "무서운 기록을 다 써서 마치기
전에는 나의 그 최후에 내가 차지할 행운은 찾아와 주지 말았으면(「십이
월 십이 일」)" 한다고 말하면서 "살겠다는 희망도 죽겠다는 희망도 아무
것도 아(「십이월 십이 일」)"닌 것을 "희망한다.(「십이월 십이 일」)"고 썼
다. 당신은 계속 쓰고 있고, 나는 나의 "오늘은 없(「날개」)"듯 당신의 오
늘도 없어지길 기다리고 있었는데, 다시, 자정이었으므로……

# 방

밤과 비슷한 면이 있다. 석탄, 곰팡이, 울타리, 의뭉스러워, 거미, 송곳이라고 해도 상관없다.

묘혈(墓穴)이라고도 불렀다. 참고로 나는 묘혈의 현대어는 염증이라는 사실을 알고 있다.

금서처럼 갇혀 있다. 발견되지 않은 능에서 찾은 금서는 묶어 둔 혓바닥 혹은 축축한 살갗이다. 묶어 둔 혓바닥을 펼쳐 보려는 사람을 축축한 살갗으로 만드는 사람에 대해 들려준 사람이 있었다. 정전(正典)이 정전(停電)이 되지 않게 이야기하는 사람이 생기게 되었다는 사실을 거듭 인지시키며,

그 사람은 열두 동물을 이십사 시간 안에 채워 넣은 다음 토끼를 고양이로 바꾼 사람에 대해서도 이야기했다. 묘시에 목이 만져지지 않는다면 밤새 어디론가 돌아다니다 아침이 되어서야 제자리로 돌아온 목이 몸에 붙지 못하고 기웃거리는 것이라고 했다. 나는 기웃거리는 목처럼 내내 내 곁을 서성거려 왔다고 했다. 그 사람은 애도를 표했다.

애도가 사람의 몸처럼 누워 있다. 사람처럼 습하고 어둡게. 그래서 금기시하는 관습이 생겼다. 금기는 선택 사항이기는 하지만 금지(禁止)에 가깝다.

금지(禁止)에서 금지(金地)가 되어 가는 사람에게서 나는 종교 없는 믿음을 발견한다. 늘 난항인 발견에 예를 갖추는 사람이 되도록 한다. 유독(幽獨)하다.

# 마니코미오(manicomio)

그들은 나를 폐쇄된 마니코미오로 끌고 가
광기란 인간의 한 상태이긴 하지만
사회가 이를 받아들여야 하는 것은 아니라는 말을 전해 주었다.


노랑과 나방을 겹치고, 목과 혀를 겹치고, 원숭이와 구름을 겹치고…… 확신이 필요해
저녁을 흙 속에 심었다 물 없이도 자라나는 어둠


또 한 번 얼굴에 화분을 쏟아부었다


모자이크처럼 두서없이 예뻐 보여 긍정적인 의미로 생각하고 싶었는데


화분에 섞인
얼굴 얼굴들


나는 나에게 가능한의 정성을 보여 주기 위해 쪼그리고 앉아 자궁을 나사로 조였다
환자였다 평생 동안
예쁠 일 없다

빠진 머리카락을 모은 적이 있었는데 정체성을 과시하고 싶어서라는 진단을 받았는데
　침대 위에서 나는 참 거추장스럽게 하얗구나 가라앉혀야겠구나
　부풀어 오르는 위안을 염려해야겠구나

　목이 나를 조였는데
　나는 문을 닫았는데
　겹쳐 놓은 자궁 같다

　불쑥
　9월

　쓰레기통을 뒤지는
　11월

　(10월은 덜 상처받은 것처럼 보이고 싶었는데)

자존심은 끊어진 혈관과 같아 다락과 앵무새를 겹치고, 왼발과 오른발을 겹치고,

폐와 창을 겹치고…… 기다렸다 심홍색의 저녁에 무럭무럭 마음

쏟아진 얼굴은 또 한 번 악담이었다

# Birth[1)]

임신 : 저 불룩한 모자 좀 봐. 알아 두어야 탈출할 수 있는 트릭이라며 어젯밤도 꼬박 세운 미녀 조수의 머릿속처럼 궁금해. 꾸깃꾸깃 들어간 미녀 조수의 몸 상태처럼 궁금해. "궁금하지 않으십니까?" 물어보지 않아서 궁금해. 결국 괜찮아질 거라고 해서 궁금해. 계속…… 궁금해야 해?

모자 : 관객석에서 뛰쳐나온 (정신 나간) 내가, 대신, 꺼내 주었지. 꽂힌 칼도, 빼내 주었지.

인내 : 깜빡할 뻔했네. 당신이 미녀 조수에게 조언해 준 꾀죄죄한 이것과.

피곤 : 당신과 같은 방식으로, 아가를 낳지 (못하는/않는) 내게 계속 모자를 주려고만 하는 아버지들 때문에 생긴, 이것을.

모자$^2$ : 대신, 처넣어 줄게.

1) 일요일이었다. "일요일은 웬만하면 집에서 밥 먹지." 말하는 아버지와 "아버지 말에 웬만하면 따르지." 말하는 어머니와 대학원에 다니고 있는 내가 저녁 식사를 하고 있었다. TV에서 환호성이 들렸다. 검정색 시스루 원피스를 입은 여자 아이돌이 상자 안으로 들어가고 있었다. 여자 아이돌은 예쁘게 웃고 있었다. 마술사는 여자 아이돌의 목을 절단한 다음 얼굴 부분이 담긴 상자를 바닥에 놓고 몸 부분이 담긴 상자를 여러 차례 절단했다. 여자 아이돌은 예쁘게 웃고 있었다. 마술사는 여자 아이돌의 잘린 몸이 담긴 상자들을 맞추어 준 다음 얼굴이 담긴 상자를 맞추어 주었다. 여자 아이돌이 온전한 몸으로 상자 밖으로 나왔다. 여자 아이돌은 예쁘게 웃고 있었다. 나는 젓가락을 내려놓으며 말했다. "결혼 생각 없어." 아버지가 말했다. "애는?" 어머니도 말했다. "서른인데. 지금 결혼해도 애 낳으려면 힘들 텐데." 나는 아무 말도 하지 않으려다 말했다. "Sawing a woman in half. 직역하면 여자를 반으로 절단한다는 거고 의역하면 신체 절단 마술이야. Sawing through a woman이라고도 하는데 직역하면 여자의 몸에 톱이 관통한다는 거지." 아버지가 말했다. "또, 히스테리냐?" 어머니도 말했다. "서른 되니까 그래." 나는 여성의 병이 남성의 병에 비해 충분히 연구되지 않아 생겨난 의학의 무능에 대해 들어 왔다. 나는 병이 있는데도 불구하고 여자들은 히스테리를 부리고 자신의 병을 과장하는 우울증 증세가 있다는 고정관념 때문에 잘못된 진단을 받고 치료를 받지 못해 고생했던 여자들의 이야기를 들어 왔다. 또한 나는 병이 없는데도 불구하고 여자들은 히스테리를 부리고 자신에게 병이 없다고 생각하는 우울증 증세가 있다는 고정관념 때문에 강압적으로 병원에 보내져 잘못된 진단을 받고 잘못된 치료를 받느라 고생했던 여자들의 이야기를 들어 왔다. 히스테리(hysteria)의 어원이 자궁을 뜻하는 그리스어 후스테라(hustera)에서 비롯된 것과 여자가 서른이 되면 히스테리를 부린다고 말하는 것에는 어떤 차이가 있을까. 나는 말했다. "결혼 생각 없어." 나는 마술사가 신체 절단 마술에 성공하기 위해 미녀 조수에

게 하는 몇 가지 조언에 대해 들어 왔다. 미녀 조수는 상자 안의 공간을 익혀 상자 안에서 어떻게 움직여야 하는지 동선을 연습하고 마술사의 눈치를 살펴 신호를 파악해야 한다. 예쁘게 웃는 표정을 유지하면서. 그런 면에서 보면, 신체 절단 마술을 펼치는 마술사와 미녀 조수의 관계는 가족 관계와 다를 바 없다. 나는 말했다. "결혼 생각 없어." TV에서 환호성이 그쳤다. 결혼 안에 갇히길 원하지 않으므로(데니스 레버토브(Denise Levertov), 「About Marriage」, 『O Taste and See』, 1964), "결혼이라는 거대한 배 속에서 밖은 모르는 어떤 기쁨"(데니스 레버토브, 「The Ache of Marriage」, 앞의 책)을 찾는 일을 하지 않겠다고 선언한 2013년 그날 이후 나는 히스테리에 관한 논문을 쓰기 시작했다. 2017년 발간된, 여성은 건강 면에서 차별을 받아 왔으며 차별은 여전히 진행 중이라는 마야 듀선버리(Maya Dusenbery)의 『Doing harm』을 참고하였고, 2018년, 여성의 병에 대한 의학의 무능에 대응하여 외면당하고 방치되었던 여성들의 질병에 대해 논의하기 위해 개설된 온라인 커뮤니티 'Ask Me About My Uterus'의 기록을 토대로 쓴 애비 노먼(Abby Norman)의 『나의 자궁: 엄청나게 시끄럽고 지독하게 위태로운, 여성, 질병, 통증 그리고 편견에 관하여(Ask Me about My Uterus: A Quest to Make Doctors Believe in Women's Pain)』를 참고하였다. 이렇듯 "이 시절에는" 여자들이 "칼을 들고 설"(문정해, 「백주대낮에 여자들이 칼을 들고 설치는 이유」, 『입술을 건너간 이름』, 창비, 2012)치고 있다는 것에 힘입어 논문 쓰는 것에 진척이 있다는 착각이 들기도 했다. 나는 지금, 2019년 편찬된, 자신의 몸을 탐구할 기회를 박탈당한 여성들이 많은 시간과 비용을 들이지 않고도 여성의 몸에 대한 정확한 정보를 얻을 수 있도록 미국인 기자 조 멘델슨(Zoe Mendelson)과 멕시코계 일러스트레이터 마리아 코네조(Maria Conejo)가 함께 만든 온라인 여성 전문 사전 'Pussypedia'에서 Birth 일러스트를 보고 있다. 어느 순간, 임신 중인 여자가 쪼그리고 앉아 있는 모습이, 상자 안에서 쪼그리고 앉아 마술사의 신호를 기다리는 미녀 조수의 모습처럼 보였다. 모자 같기도 했다. 아내의 머리를 모자로 착각해 쓰려고 했던 남자처럼(올리버 색스(Oliver Sacks), 『아내를 모자로 착각한 남자(The Man Who Mistook His Wife for a Hat)』, 1985)된 걸까? 아니면, 정말, 히스테리일까? 나는 2013년 평범한 대학원생이 히스테리에 관한 논문을 쓰고자 마음 먹게 된 일요일을 모자 안에 넣었다. 모자 안에 일요일을 넣자 보르헤스(Jorge Luis Borges)처럼(『보르헤스의 말: 언어의 미로 속에서, 여든의 인터뷰(Borges at Eighty: Conversations)』, 1982) "글자들이 살아 움직이는 탓에 읽을 수가 없는 악몽"이 보이기 시작했다. "각각의 글자들이 다른 글자로 바뀌고, 내가 뜻을 파악하려 애를 쓰지만 첫 부분의 단어들이 모자라서 뜻을 알 수 없는 악몽"이 보이기 시작했다. "모음을 겹쳐서 쓰는 경우가 흔한, 긴 네덜란드어 단어들" 같은 악몽이 보이기 시작했다. "줄과 줄 사이의 간격이 벌어지면서 글자들이 나뭇가지처럼 뻗어 나오는" 악몽이 보이기 시작했다. "참을 수 없을 만큼" 큰 "글자들이 나뭇가지처럼 뻗어 나오는" 악몽이 보이기 시작했다. 모자 안에서 꿈틀거리는 일요일을, 악몽을, 어떻게 쓸 것인가? "이미지에서 비롯되지 않기 때문에" "글로 쓰기 어려운" "악몽"을, 어떻게 쓸 것인가? "악몽의 느낌을 제시"할 수 있다면, 나는 "자신으로부터 탈출"할 수 있을 것이다. "우린 늘 우리 자신으로부터 탈출하려고 하며 또한 그래야" 하기에, 나는, 쓴다. 악몽을. 일요일을. "여자인 나를 축하하며" "감히 살기를 원"(앤 색스턴(Anne Sexton), 「나의 자궁을 축하하며(In Celebration of my Uterus)」, 『Love Poems』, 1969)하기에, 쓴다. 나는. 일요일을. 악몽을.

2부

# 마구마구 피뢰침

메리 울스턴크래프트 고드윈 셸리(들)에게[1][2][3][4]

## 기상관측소

이번에는 기상관측소입니까?[5]
기상관측소는 신의 의도를 기록한 책[6]이기 때문입니다.

이번에는 벼락을 꽉 붙잡고 있을 수 있을 것 같습니다.[7]
짜깁기한 197개의 심장에,[8] 나의 뇌를 피뢰침 삼아,[9] 다시 벼락을 덧대어, 처음의 흉측함과 만난다면, 흉측함의 흉측함으로써,

묻겠습니다.
"아직도 공동체의 완성은 보호받는 여자인데 어떻게 해야 합니까?"

## 공동체의 (미)완성

천사는 집 안에만 있어야 하는데[10]
악마도 집 안에만 있어야 했는데[11]

집 안에 있는 천사는 왜 집 밖으로 나가면 천사가 아니게 되는 겁니까?

집 안에 있는 악마는 왜 집 밖으로 나가면 더 끔찍한 악마가 되는 겁니까?

형평성이 탄생했습니다.

## 비극 : 형평성의 탄생

그리하여 나의 책에는 비극이 형평성의 탄생이란 의미로 쓰여 있습니다.

유해한 여성이 만들어졌기 때문에 유해한 남성도 만들어진 것 아니겠습니까?[12]

대화를 나눕시다.

나는 나 이외의 사람과 대화를 나눈 적이 없으므로,

대화를 나눕시다.

당신은 한 번도 나와 대화를 나누려 하지 않았으므로,

대화를 나눕시다.

그런데 대화는 어떻게 해야 합니까?


대화$^1$ : 플라스틱이거나 새벽의 벤치이거나 북동부 외곽
에서 발견된 덫이거나
대화$^2$ : 거절$^1$
거절$^2$ : 빰!


거절$^3$ : 세련된 방식의 삿대질


이번에도 벼락을 꽉 붙잡고 있을 수 없었습니다.
나는 아직 내 이름조차 제대로 짓지 못했으므로 피뢰침
위에 걸려 있는 헐렁한 살 껍데기를 걷어 온 뒤,[13]


이번에는 기상관측소에서 관측된 "새로운 흉측함"[14]을
따라가 붙잡겠습니다. "새로운 흉측함"을 붙잡고, 흉측함의
흉측함으로써,


조언하겠습니다.
이름이 없는 사람은 말이 없는 사람이어야 한다는 편견

이 대화를 거절한다면, 편견의 노예에게, 편견은 편견이 없다는 편견에게,
　　똑같은 방식으로, 삿대질하라고!

　"나에 대해 묻는 나는 왜 괴물입니까?"

　　　　그러니까, 왜, 나는 없는 이름입니까?

나는 낮 없는 밤입니다.
밤을 찢으면 낮입니까?

밤입니까?
뺨입니다.

뺨! 한 뼘 한 뼘, 짜깁기한, 후려치면, 팽그르르,
동서남북 마구마구 도는 나침반 같은, 뺨, 순간,
튀어나온, 핏줄과 핏줄로 뜬, 혓바닥들, 눈동자들,

선을 긋지 말아 주시겠습니까?

혓바닥들,
눈동자들,
한뼘한뼘,

믹서기에 넣고 돌리겠습니다.[15]

내가 만든
벼락 소리

들으며
돌리며

나는 마구마구 피뢰침입니다.
완벽하게 뒤틀린 얼굴입니다.

일부러 부러뜨린 갈비뼈인 나는
빨강을 6이라고 6을 무덤이라고

말하겠습니다.

"순진한 척 해야 하는 건 질렸다."고.
"불순한 척 해야 하는 건 질렸다."고.

무덤의 식물성으로 무덤의 독백으로 무덤의 침착함으로
악착같이

"경멸하겠다."고 말하겠습니다.
경멸은 냉혹해서 낭만적이므로

낭만적으로
흉측함으로

관통하고 싶습니다.
피를 뿌리겠습니다!

## 피의 책

그리하여 벼락에 맞고 맞아 수많은 못이 박혀 있는 이백 개의 심장이 짜깁기될 수 있었습니다.[16] 살아남은 나의 뇌를 피뢰침 삼아, 다시 벼락을 덧대겠습니다.

이번에는 택배 사무소입니다.

아직도 남자의 이름으로 살고 있는 여자들을 위해,[17] 명명할 수 없는 것을 이름 짓는 이 이름 없는 방식으로[18] 짜깁기된 201개의 심장을 보내 드리겠습니다. 아름답지 않은 방식으로 짜깁기된 피의 책을,[19] 그러나 기본적으로는 평범한 방식으로 짜깁기된 피의 책을,[20] 보내 드리겠습니다.

이번에는 벼락을 꽉 붙잡고 있을 수 있을 것 같습니까?[21]

1) 윌리엄 고드윈(William Godwin)은 딸을 출산하다 죽은 아내를 기리는 마음으로 아내의 이름으로 딸의 이름을 지었다. 그런 연유로 메리 울스턴크래프트 고드윈 셸리(Mary Wollstonecraft Godwin Shelley)는 어머니의 이름이면서 딸의 이름이기도 하다. 학자들은 편의상 어머니를 메리 울스턴크래프트(Mary Wollstonecraft)로, 딸을 메리 셸리(Mary Shelley)로 부른다. 나는 블루스타킹 서클(Bluestocking Circle)의 지원을 받아 쓴 「마구마구 피뢰침」을 메리 울스턴크래프트 고드윈 셸리(들)에게 헌정하고자 한다.

2) 이름 없는 여자들이 있었다. 17세기, 여자에게 교육 받을 기회를 제공하고 여자의 사회 참여를 장려해야 한다는 의견이 대두되었지만 그것은 엄연히 교양 형성의 문제였다. 여자는 전문 지식인은 될 수 없다는 것이 계몽주의자들의 주장이었다. 그들은 글 쓰는 일을 남자의 영역으로 간주했는데, 특히 직업적으로 글을 쓰는 작가들은 펜(pen)을 남자의 무기인 페니스(penis)에 비유할 정도로 글쓰기를 남자만이 누릴 수 있는 권력으로 여겼다. 영국에서 여성 시인 최초로 시집을 출간한 앤 핀치, 윈칠시 백작부인(Anne Finch, Countess of winchilsea)은 시 「The Introduction」에서 여자들이 "바보로 태어났다기보다는 바보로 교육"되었다고 분개하며, 글을 쓰고자 하는 여자는 남자의 권리를 침해한다고 인식되고 "어떤 미덕으로도 회복될 수 없"는 어리석은 잘못을 저질렀다고 여겨져 "주제넘은 피조물로 간주"된다고 비판했다. 그녀는 1701년 이름을 밝히지 않고 시집 『Spleen』을 출간했으며, 1713년에야 이름과 성별을 밝힐 수 있었다. 당시 여자들은 글 쓰는 것을 조심스러워했고 글을 쓰는 대부분의 여자들은 익명으로 글을 발표하거나 남자 이름으로 글을 발표했다. 일레인 쇼월터(Elaine Showalter)는 『A Literature of Their Own: British Women Novelists from Brontë to Lessing』(1977)에서 당시 여성 작가들이 여성에게 폐쇄적이고 보수적이었던 사회의 편견에 대응하기 위한 방편으로 남자 이름을 썼다고 주장했다.

독일 최초의 여성 소설가인 조피 폰 라 로슈(Sophie von La Roche)는 1771
년『슈테른하임 아씨 이야기(Geschichte des Fräuleins von Sternheim)』를
출간할 때 이름을 밝히지 않았다. 조피에게 문학적으로 많은 영향을 준
시인이자 이 책의 편집자이기도 했던 빌란트(Wieland)는 책의 서문에
"나의 친구인 그녀는 세상을 위해 글을 쓰거나 예술작품을 만들어낼 생
각은 결코 하고 있지 않다."라고 썼다. 그녀는『슈테른하임 아씨 이야기』
출간 후 친구에게 다음과 같이 말했다. "사람들은 여자들이 책을 쓰는 것
을 이성에 어긋난 죄를 짓는 것으로 여긴다. 그렇기 때문에 사람들은 돌
려서 이렇게 말한다. 여자가 소설가가 되는 것은 너무 따분해서라고. 내
가 바르트하우젠 생활을 견디기 힘들어하고 또 딸들을 연달아 수녀원으
로 보내지 않을 수가 없었기 때문에 속상해서라고." 조피는 자신의 소설
『The History of Lady Sophia Sternheim』을 통해 답답한 심경을 토로했다.
시인인 카롤리네 폰 귄더로데(Karoline von Günderode)는 1804년
『Gedichte und Phantasien』을 출간할 때 티안(Tian)이라는 남자 이름을
썼다. 그녀는 일기에 "나는 왜 남자가 되지 못하나!" "나는 이렇게 살아
갈 것이고 살아가야만 한다. 왜냐하면 나는 여자이기 때문이다."라며 울
분을 토했다. 크리스타 볼프(Christa Wolf)는 귄더로데의 서간집을 읽고
"저항의 작업"으로 귄더로데에 대한 소설을 쓴다. 크리스타 볼프의 소설
『어디에도 설 땅은 없다(Kein Ort. Nirgends)』에서 귄더로데는 "여자 귄
더로데(Die Frau, Günderode)"로 표현되어 있고 남자인 클라이스트는
"한 인간 클라이스트(Einer, Kleist)"로 표현되어 있는데 이는 귄더로데가
살았던 시대를 반영한 것이다. 소설 속에서 "여자 귄더로데"는 남자 이름
으로 시를 발표하고, "한 인간 클라이스트"는 "여자 귄더로데"가 시를 쓰
는 것은 말도 안 되는 일이라고 생각한다. 시를 쓴다는 이유로 "여자 귄
더로데"는 여성스럽지 못하다고 여겨진다.
샬럿 브론테(Charlotte Brontë), 에밀리 브론테(Emily Jane Brontë), 앤 브
론테(Anne Brontë) 자매는 각자 커러 벨(Currer Bell), 엘리스 벨(Ellis

Bell), 액턴 벨(Acton Bell)이라는 남자 이름으로 1846년 『커러, 엘리스, 액턴 벨의 시집(Poems by Currer, Ellis and Acton Bell)』을 출간한다. 1847년 샬럿 브론테는 커러 벨이라는 가명을 유지한 채 『제인 에어(Jane Eyre: An Autobiography)』를 출간했고, 1849년 에밀리 브론테도 엘리스 벨이라는 가명을 유지한 채 『폭풍의 언덕(Wuthering Heights)』을 출간했다. 샬럿 브론테가 1849년 출간한 『셜리(Shirley: A Tale)』는 기존에 사람들이 가지고 있던 이름에 대한 인식을 깼다는 의미가 있는 작품이다. 소설이 인기를 끌면서 그동안 남자 이름으로 쓰여 왔던 셜리라는 이름이 여자 이름으로 쓰이게 된 것이다. 소설에 나오는 다음 대목을 눈여겨 볼 필요가 있다. "나는 지주다! 지주 셜리 키일다가 나의 스타일이고 나의 직함이 되어야 한다. 그들은 나에게 남자의 이름을 주었다. 나는 남자의 지위를 가지고 있다. 그것은 나에게 남자다움을 충분히 느끼게 한다."

소설가 조지 엘리엇(George Eliot)의 본명은 메리 앤 에반스(Mary Anne Evans)이다. 남자 이름을 필명으로 사용했기 때문에 활동 초반 사람들은 그녀가 남자라고 생각했다. 그녀는 데이비드 프리드리히 슈트라우스(David Friedrich Strauss)의 『예수의 생애(The Life of Jesus)』를 번역했을 당시 폴리안(Polian)이라는 이름을 썼다. 1860년 출간한 『플로스강의 물방앗간(The Mill on the Floss)』은 그녀의 자전적인 소설이다. 여자들이 배울 수 있는 일은 제한되어 있다고 생각하는 사회에서 여자들이 할 수 있는 적당한 역할은 무엇일까? 의문을 품는 주인공 매기는 라틴 문구 "죽음은 모든 사람에게 공통적인 것이다."에 관심을 가진다. 여자가 남자와 같은 입장이 될 수 있는 때는 죽음의 순간뿐이라는 생각 때문일지도 모르겠다.

3) 이름이 없어서 존재를 부정당한 여자들이 있었다. 메리 셸리는 1818년 『프랑켄슈타인(Frankenstein: Or the Modern Prometheus)』을 처음 출간했을 때 이름을 밝히지 못했다. 시인이자 그녀의 남편인 퍼시 셸리(Percy Bysshe Shelley)가 책의 서문을 썼는데, 그는 서문에서 소설을 쓴 계기에

대해 다음과 같이 썼다. "두 명의 다른 친구들과 나는 초자연적인 사건을 토대로 각자 이야기를 써 보기로 했다." 소설을 쓴 메리 셸리와 그 자리에 같이 있었던 클레이몽이 없는 사람 취급을 당했다는 것은 2판에서 메리 셸리가 서문을 쓰면서 밝혀진다. 그녀는 소설을 쓴 계기를 다음과 같이 밝힌다. "'우리 각자가 유령 이야기를 쓰기로 하지.' 바이런 경이 제안했다. 우리 모두 그의 제안에 동의했다. 그 자리에 네 사람이 있었다."

여자는 남자처럼 될 수 없다고 생각하는 사회였다. 여성 작가를 괴물 같은 존재로 취급하는 사회였다. 그래서 어떤 연구에서는 『프랑켄슈타인』에 등장하는, 죽은 인간들의 살과 뼈로 만들어진 이름 없는 괴물이 메리 셸리를 의미한다고 주장하기도 한다. 프랑켄슈타인이 죽은 인간들의 살과 뼈를 모아 괴물을 만들었듯 메리 셸리가 어머니 메리 울스턴크래프트에게 영향을 받아 『프랑켄슈타인』을 썼다고 보는 것이다. 메리 울스턴크래프트가 작가이자 여성 운동가인 점이 그런 해석의 밑바탕이 되었다. 메리 울스턴크래프트는 여자는 남자를 기쁘게 하기 위해 존재하며, 남자에게 복종해야 하고, 여자의 교육은 남자와의 관계 속에서만 기획되어야 한다고 주장하는 루소와 계몽주의자들의 의견에 반박하기 위해 1792년 『여성의 권리 옹호(A Vindication of the Rights of Woman)』를 썼는데, 책은 익명으로 출간되었고 2판에서 비로소 이름을 밝힐 수 있었다.

4) 메리 셸리가 밀턴(John Milton)의 『실낙원(Paradise Lost)』에 등장하는 인간을 빌려 『프랑켄슈타인』을 썼으나 그와는 전혀 상관없는 괴물을 탄생시켰듯 나는 메리 셸리의 『프랑켄슈타인』에 등장하는 괴물을 빌려 「마구마구 피뢰침」을 썼으나 그와는 전혀 상관없는 괴물을 탄생시켰다. 괴물을 때때로 악마라고 부르는 것 역시 그와는 전혀 상관없다. 그러나 일부분 그 괴물에 영향을 받았다는 사실을 부인하지는 않겠다.

5) 나는 혼자서 벼락을 맞으러 다닌다. 벼락을 맞고 살아난 사람들이 모여서 벼락을 맞으러 다니는 모임이 있는데 그중 가장 잘 알려진 모임은 '아다드'이다. '아다드'에서는 벼락을 맞을 준비를 하는 것을 "공포를 받

아들일 준비"를 한다고 표현한다. (김영하, 「피뢰침」, 『엘리베이터에 긴
그 남자는 어떻게 되었나』, 문학과지성사, 1998)

6) 연금술 실험실은 두 권 책에 비유되어 왔다. 연금술을 기독교적인 측면에서 옹호한 사람들로부터는 신의 말씀이 담긴 경전(the Bible)으로 비유되었다. 인간의 기술이 자연을 모방하는 것은 물론 자연을 완벽하게 하고 자연을 뛰어넘을 수도 있다고 주장하는 헤르메스주의를 옹호하는 사람들에게서는 신의 뜻이 담긴 피조물로서의 자연(the Book of Nature)으로 비유되었다. 나는 연금술 실험실에서 파생된 기상관측소를 신의 의도를 기록한 책으로 비유하고자 한다.

7) 나는, 벼락을 "꽉" 붙잡고 있을 수 있는 사람에게서 피뢰침을 일 년에 한 번씩 구입한다. (허먼 멜빌, 「피뢰침 판매인」, 『세계문학단편선17』, 김훈 옮김, 현대문학, 2015)

8) 세 개의 심장을 토대로 197개의 심장을 짜깁기했다.

첫 번째 심장은 갈바니(Luigi Aloisio Galvani)의 것이다. 벼락을 동반한 비가 내리던 어느 날 갈바니의 부인이 개구리 요리를 준비하고 있었다. 갈바니는 벼락이 칠 때마다 도마 위에 잘려 있던 개구리 다리가 살아 있는 것처럼 움직이는 것을 발견했다. 그 발견에서 착안해 죽은 개구리 다리에 전기를 모으는 장치나 해부용 나이프 같은 금속을 닿게 했는데, 그때마다 스파크가 생기면서 개구리 다리 근육이 수축하는 것을 보고 전기는 동물의 뇌에서 만들어진다고 생각했다. 이에 대해서는 갈바니가 1791년 발표한 「근육운동에 대한 전기의 효과에 대한 주석서(De Viribus Electricitatis in Motu Musculari Commentarius)」를 참고할 만하다. 후에 물리학자 볼타(Alessandro Volta)는 갈바니의 동물전기 이론을 갈바니즘이라고 불렀다.

두 번째 심장은 알디니(Giovanni Aldini)의 것이다. 알디니는 삼촌의 동물전기 이론, 이른바 갈바니즘에 몰두했다. 그는 1803년 1월 17일 런던의 뉴게이트에서 사형된 조지 포스터(George Forster)의 시체를 실험했

다. 《타임스(The Times)》의 보도에 따르면 실험에 참관한 한 관중은 실험에 대해 "마치 남자가 부활하고 있는 것 같았다."라고 말했다. 18세기 말에 런던에서 발간된 범죄 사례집인 『Newgate Calendar』에서도 이 실험에 대해 언급했는데 다음은 그중 일부분을 발췌한 것이다. "사망한 사형수의 턱이 떨리면서 얼굴 근육 전체가 끔찍하게 뒤틀리기 시작했다. 한쪽 눈꺼풀이 열렸다. 실험이 계속 진행되자 오른손이 올라갔고 다리와 허벅지가 움직였다."

세 번째 심장은 유어(Andrew Ure)의 것이다. 그는 횡격막을 자극하면 교수형 등으로 인해 질식해 죽은 사람을 살릴 수 있다고 주장했다. 이를 입증하기 위해 유어는 1818년 글래스고 대학의 해부학 강당에서 사형된 매튜 클라이즈데일(Matthew Clydesdale)의 시체를 실험했다. 다음은 그가 쓴 실험 기록을 간단히 정리한 것이다. "전류를 가하자 사형수의 얼굴 근육이 꿈틀거렸다. 분노, 공포, 절망, 괴로움, 소름끼치는 미소가 차례로 떠올랐다. 그 끔찍한 움직임에 참관했던 남자 한 명이 기절했고, 구경꾼 몇몇은 이곳을 떠나 이사를 가야 했다." 그는 교수형에 처해질 때 목뼈가 부러지지만 않았다면 죽은 시체를 살릴 수 있었을 거라고 결론 내렸다.

9) 나의 뇌를 피뢰침삼아 (이상, 「오감도 시 제7호」, 『나는 장난감 신부와 결혼한다』, 민음사, 2019)

10) 코벤트리 페트모어(Coventry Patmore)는 1854년 시집 『집 안의 천사 (The Angel in the House)』를 출간했다. 아내 에밀리(Emily)에게 바치는 시집으로, 집 안의 자애로운 어머니와 순종적인 아내의 모습에 대해 말하고 있다. 이후 "집 안의 천사"는 빅토리아 시대의 이상적인 여성상을 나타내는 말로 사용되었다. 버지니아 울프(Virginia Woolf)는 19세기의 이러한 순결 의식이 여성 작가들에게 영향을 미쳐 여성 작가들이 이름을 밝히지 못하게 했다고 보았다. 그리고 여전히 여성 작가들이 이름을 숨기고 정체를 감추어야 한다는 생각이 이어지고 있다고 말했다. 버지니아 울프는 "집 안의 천사"가 되기를 거부함으로써 작가로 자리 잡고자 하였

다. 그는 『자기만의 방(A Room of One's Own)』(1929)에서 무슨 수를 써서라도 여자들은 글을 써야 한다고 말하며, 여자들이 글을 쓰기 위해서는 독립할 수 있는 여건, 가령 자기만의 방과 500파운드 정도의 돈이 필요하다고 주장했다. 교육을 받지 못하고 직업을 얻을 수도 없으며 재산 소유권도 주장할 수 없는 상태에서는 "집 안의 천사"밖에 될 수 없기 때문이다. 버지니아 울프는, 여자들이 "집 안의 천사"를 거부함으로써 공적인 것과 사적인 것, 물질적인 것과 정신적인 것처럼 불가분의 관계에 있는 여성적인 것과 남성적인 것을 화합할 수 있다고 생각했다. 이러한 버지니아 울프의 주장은 샬럿 브론테, 에밀리 브론테, 앤 브론테 자매를 포함한 수많은 여성 작가들의 고민에서 비롯된 것이기도 했다. 시리 제임스(Syrie James)는 전기 소설 『The Secret Diaries of Charlotte Brontë: The Lost Memoirs of Jane Austen』(2009)에서 샬럿 브론테가 글쓰기의 열악한 여건에 대해 다음과 같이 말했다고 했다. "글을 쓰고 싶다는 우리들의 꿈은 계속 이어졌지만 현실 앞에서 한쪽으로 밀렸다. 먹고 살 돈을 벌어야 했기 때문이었다. 여동생들과 내가 할 수 있는 선택은 두 가지뿐이었다. 교사가 되든지 가정교사로 돌아가든지. 그러나 두 직업은 내가 혐오하는 '얽매인 노역'이었다." 빅토리아 시대에 여자가 가질 수 있는 직업은 열악한 근로 조건의 직공을 제외하면 교사와 가정교사 같은 것으로 제한되어 있었다. 샬럿 브론테가 교사와 가정 교사의 일을 '얽매인 노역'이라면서 혐오했던 이유는 가정교사라는 직업의 불안정성과 낮은 임금 때문만이 아니었다. 노동 계급이지만 중산 계급의 이상적인 여성성을 흉내 내어야만 하는 직업이기에 사회적 지위가 낮을 뿐만 아니라 멸시의 대상이 되었기 때문이었다. 샬럿 브론테와 앤 브론테는 각각 『제인 에어』와 『아그네스 그레이(Agnes Grey)』(1847)에서 실제 경험을 투영해 가정교사 문제를 담아냈다. 샬럿 브론테는 더 나아가 여자들이 남성 중심의 지배 구조에 투쟁하며 사회에 참여할 수 있는 방식을 고민하며 『셜리』를 썼다.

11) 『프랑켄슈타인』에 등장하는 괴물은 흉측한 모습 때문에 자신을 만든 사람에게서도 버려지게 된다. 버려진 채 집 안에 혼자 있던 괴물은 집 밖으로 뛰쳐나와 인간과 어울리고자 하지만 오히려 악마 취급을 받고 공격당한다.

12) 영국 옥스퍼드 사전은 2018년 올해의 단어로 'toxic(유해한 또는 유독성의)'를 선정했다. 옥스퍼드딕셔너리 닷컴에서 'toxic' 검색이 작년 대비 45% 증가했는데, 문자 그대로의 의미로 쓰이기도 했고, 은유적으로 다양한 맥락('해로운 남성성(toxic masculinity)', '유해한 레토릭(toxic rhetoric)', '유해 공기(toxic air)' 등)에서 쓰이기도 했다. 'toxic'과 함께 가장 많이 쓰인 단어는 'Chemical(화학물질)'이고, 그 다음은 'Masculinity(남성성)'이다. '미투 운동(Me Too movement)'이 전세계로 번지면서 '해로운 남성성(toxic masculinity)'이 같이 쓰인 것으로 보인다.

13) 나는 촛불로 밥을 짓는 어머니와 이름 없는 자식에 대한 노래를 들은 적이 있다. 자식에게 이름이 없는 이유는 죽어 가고 있기 때문인 것으로 추측된다. 몸이 피뢰침에 걸려 있는데다 암이 목구멍까지 올라왔으며 손톱이 빠지고 성기가 잘리고 목에 꽂힌 칼에 의해 심장까지 도려내어진 상태로 죽어 가는 자식을 보고도 어머니는 계속 촛불로 밥을 짓고 있는데, 그것은 오히려 자식을 포기하지 않았기 때문에 가능하지 않았을까 생각된다. 그 노래를 복기해 보면 다음과 같다.

어머니가 촛불로 밥을 지으신다 비가 오기 시작하는데 어머니가 촛불로 밥을 지으신다 날도 어두워지기 시작하는데 어머니가 촛불로 밥을 지으신다 하늘이 죽어서 조금씩 가루가 떨어지는데 어머니가 촛불로 밥을 지으신다 나는 아직 내 이름조차 제대로 짓지 못했는데 어머니가 촛불로 밥을 지으신다 피뢰침 위에는 헐렁한 살 껍데기가 걸려 있는데 어머니가 촛불로 밥을 지으신다 암이 목구멍까지 올라왔는데 어머니가 촛불로 밥을 지으신다 맥박이 미친 듯이 뛰는데 어머니가 촛불로 밥을 지으신다 손톱이 빠지기 시작하는데 어머니가 촛불로 밥을 지으신다 누군가 나의 성기를 잘라버렸는데 어머니가 촛불로 밥을 지으신다 목에는 칼이 꽂혀서 안 빠지는데 어머니가 촛불로 밥을 지으신다 그 칼이 내장을 드러냈는데 어머니가 촛불로 밥을 지으신다 펄떡거리는 심장을 도려냈는데 어머니가 촛불로 밥을 지으신다 담벼락의 비가 마르기 시작하는데 어머니가 촛불로 밥을 지으신다 (정재학, 「어머니가 촛불로 밥을 지으신다」, 『어머니가 촛불로 밥을 지으신다』, 민음사, 2003)

14) "새로운 흉측함"이 탄생하기까지 세 개의 사건이 있었다.

첫 번째 사건은 2016년 5월 강남역 여성 살해 사건이다. 이 사건을 계기로 많은 여자들이 여성 혐오에 대한 분노를 표출했고, 분노는 조직적인 대응으로 이어졌으며, 이에 맞선 여성 혐오자들의 역공으로 격렬한 젠더 갈등이 촉발되었다.

두 번째 사건은 2016년 9월 소셜 미디어에 해시태그(#문단_내_성폭력)를 달고 몇몇 문인들이 고발된 것을 시작으로 문단 내 성폭력에 대한 문제 제기가 이루어진 것이다. 이후 2017년 1월 문화예술계 성폭력 해결을 위한 국회 토론회 '#문화예술계_내_성폭력 어떻게 할 것인가?'에 한국작가회의, 출판계 성폭력의 심각성을 인지한 작가들이 모인 '페미라이터' 등이 참여해 대화를 나누는 등 문제를 해결하려는 시도가 꾸준히 이루어지고 있다.

세 번째 사건은 2017년 10월 할리우드 영화 제작자인 하비 와인스타인 (Harvey Weinstein)의 성추문을 폭로하고 비난하기 위해 소셜 미디어에 해시태그(#Me Too)를 다는 움직임에서 미투 운동이 새로운 동력을 얻은 것이다. 이러한 시류를 반영해 2017년『황해문화』겨울호는 '젠더 전쟁'을 특집으로 했는데, 해당 호에 시인 최영미의 시「괴물」이 게재되었다. 이후 문단 내 성폭력 논란이 재점화되었다.

15) 연금술 실험은 부엌에서 시작되었다.

16) 사우디아라비아 최초의 여자 영화감독인 하이파 알 만수르(هيفاء المنصور, Haifaa al-Mansour)는 2017년 영화「메리 셸리: 프랑켄슈타인

의 탄생(Mary Shelley)」을 연출했다. 그녀는 연출 의도를 다음과 같이 밝혔다. "메리 셸리는 완벽한 인물이 아니기에 의문의 여지가 있는 선택도 하고 때론 실수도 한다. 하지만 그녀는 낙담하지 않고 상실로 인한 괴로움에 굴복하지도 않는다. 그저 계속 앞으로 나아간다. 가지고 있던 고통의 짐을 심오한 예술 작품으로 바꾸는 과정에서 언제라도 포기하거나 뛰어난 부모 혹은 남편을 따르는 게 쉬울 수도 있었을 텐데도 메리 셸리는 결국 자기 내면의 목소리를 찾는다. 나 역시 사우디아라비아에서 영화를 만드는 건 메리 셸리처럼 모든 사회적 편견을 깨고 나아가는 과정이었다. 나는 상실과 괴로움을 딛고 내면의 목소리를 찾았던 메리 셸리처럼 강한 여성의 삶을 기록하고 싶었다." (안치용, 「근대 페미니즘의 프로메테우스, '메리'의 탄생」, 《르 몽드 디플로마티크(Le Monde Diplomatique)》, 2018.12.25)

17) 혼자 사는 여자를 위한 안전 팁 중 하나는 택배 수신인 이름으로 남자 이름을 사용하는 것이다. 2018년 개봉한 공효진 주연의 「도어락(Door Lock)」에서는 혼자 사는 주인공이 현관에 남자 구두를 놓아 두거나 창문이 보이는 베란다에 남자 속옷을 걸어 두는데, 이 역시 혼자 사는 여자를 위한 안전 팁이다.

18) 메리 셸리의 『프랑켄슈타인』은 출간되자마자 연극으로 만들어졌다. 그러나 판권을 계약한 출판사가 소유권을 내놓지 않았기 때문에 과학자가 피조물을 만들었다는 원본 텍스트의 중심 에피소드만 유지한 각양각색의 무대 각색본과 패러디가 거듭 만들어졌다. 또한 연극으로 만든 초기에는 괴물 역할을 했던 배우의 이름 옆에 빈 선을 그어 놓는 것이 관례였다고 하는데, 그러한 관례를 알게 되었을 때 메리 셸리는 명명할 수 없는 것을 이름 짓는 이 이름 없는 방식이 마음에 든다고 말했다.

19) 앤 핀치, 윈칠시 백작부인은 「The Introduction」에서 남자들이 "글을 쓰고자 하는 여자들은 성과 도리를 잘못 알고 있다"고 비난하며, "예의범절, 유행, 춤, 옷치장, 유희" 같은 것들이 여자들이 "갈구해야 하는 소양"

이며 "쓰고, 읽고, 생각하고, 탐구하는 것"은 "아름다움을 흐리게 하고 시간을 고갈시키"는 것이라고 충고하는 것을 비판하였다.

20) 헬렌 디윗(Helen DeWitt)은 1990년대 후반에 『피뢰침(Lightning Rods)』을 썼지만 소설의 형식에 맞지 않는다는 이유로 여러 출판사에서 거절당하다 2011년에 비로소 출간할 수 있었다. 『피뢰침』은 브리태니커 백과사전과 일렉트로룩스 청소기 판매에 실패한 세일즈맨 조 슈모가 피뢰침 사업으로 성공한 사업가가 되기까지의 과정을 자기계발서나 CEO의 자서전 같은 느낌이 들게 쓴 풍자 소설이다. 조 슈모는 직장 내 성 문제로 가해자가 받는 처벌이 가혹하다고 생각하고, "한 남자가 여성을 존중하는 법을 못 배우고 자랐고 그건 그의 잘못이 아닌데, 그 약점 때문에 그의 커리어 전체가 위험에 빠져도 되는가?"라며 안타까워한다. 그는 "가정 교육을 잘못 받은" 탓에 "개자식이 되고 싶어서 된 게 아"닌 남자들을 옹호하며, "가뜩이나 불리한 위치에서 하버드나 예일 출신의 남자들과 경쟁해야 하는데, 여직원들과 가까이 있을 때마다 커리어가 위태로위지는 불이익까지 짊어져야" 하는 남자들을 도울 방안으로 피뢰침 사업을 구상하기에 이른다. "피뢰침"은 남자들이 안전하게 성욕을 배출할 수단으로 고용된 전문 여성 인력이다. 남자들과 피뢰침은 장애인 전용 화장실 벽에 구멍을 뚫고 하반신 성행위를 하기 때문에 완전한 익명성을 보장 받는다. 조 슈모는 남자들 입장에서는 매춘부를 만나지 않고도 성욕을 배출할 수 있어 직장 내에서 성희롱이나 성폭행을 저지르지 않아도 되는 한편 여자들 입장에서는 직장 내에서 성희롱이나 성폭행을 당하지 않을 수 있기에 합리적이라는 논리에 기반하여 피뢰침 사업을 성공시킨다. 그는 자신이 평등한 기회를 주는 고용주라고 자부하지만 그 이면에는 피뢰침으로 고용된 여직원들의 성적 대상화라는 근본적인 문제가 있다. 하지만 조 슈모는 사업가일 뿐이기에 그런 식의 "도덕적 판단"은 그의 몫이 아니다. (헬렌 디윗, 『피뢰침』, 김지현 옮김, 열린책들, 2019)

21) 1991년 『백래시(backlash)』를 출간한 수전 팔루디(Susan Faludi)는

2018년 10월 이데일리W페스타에서 "최근 한국에서 일어나고 있는 '페미니즘 폭발' 현상이 흥미롭다"고 했다. 그는 "미투 운동이 봇물 터진 지금이 한국에서 여성이 목소리를 낼 수 있는 최고의 시기이자 최악의 시기"라며 "성평등을 향한 여성의 목소리는 점점 커졌지만 그에 따른 반격 역시 거듭"되는 역사의 흐름에 주의를 기울일 필요가 있다고 덧붙였다. "한국을 포함해 세계에서 기록적인 수의 여성들이 거리로 나와 행진하고 페미니즘의 부흥이 일어나고 있지만, 동시에 우파 정권과 강력한 권력을 행사하는 남성 리더들이 등장하"고 있기 때문이다. 수전 팔루디는 "남녀 간 상호이해만이 화합"을 이끌어낼 수 있다고 말한다.

# 그 날이니?[1]

"그 날이니?"

정말 걱정되지도 않으면서 묻는 건 스팸 문자와 다를 게 뭘까? 싶어. 그런데도, 굳이, 굳이, 물으면,

만족해? 에밀 졸라(Emile Zola)의 『여인들의 행복 백화점(Au Bonheur des Dames)』이나 토마스 클러스톤(T. S. Clouston)의 『Clinical Lectures on Mental Diseases』 같은 책을 들먹이면서 "도벽은 여자들만 걸리는 병이라며?" "생리할 때 심해진다며?" 물으면,

정말 뭐라도 훔쳐야 되나? 싶어, 태양의 목을 따라 펼쳐진 해안선, 그 해안선처럼 긴 입술, 모양의 지퍼가 있는, 질을, 쭉쭉, 벌리고, 5F 해안선 콘셉트의 정원, 4F 주방 잡화, 3F 숙녀복, 2F 숙녀 캐주얼, 1F 화장품, -1F 늪, -2F 장화, -3F 거머리, -4F 끈적끈적, -5F 진행형 기분 더러움,

"그 날이니?" 자꾸자꾸 물어보길래, 나도,
(휴지를 둥글게 뭉쳐 주며) "그 날이니?"

물었을 뿐인데, 후장이라도 뚫린 것처럼, 신성모독 당한 신처럼, 지랄하지 말아 줄래?

1) "1학년 영어 담당이신 한 선생님께서 영어 수업시간에 본인의 만년필과 방과후 프린트 자료들이 사라졌다며 아이들에게, 이건 도둑질이 분명하다. 아무래도 생리하는 여자 학생이 홈친 것 같다. 여자는 생리를 하면 도벽이 생긴다. 라며 성적인 발언과 함께 여성을 싸잡아 도벽을 한다는 비하를 하셨습니다. 수업시간에 이런 말을 함과 동시에 분위기가 싸해지자 민망하셨는지 그냥 웃으며 넘기셨습니다. 절대로 가만 냅둬서는 안 된다고 생각합니다." 다음은 서울 J여고 미투(#MeToo) 일부를 발췌한 내용이다.

## 예쁘니?

"엄마가 할 만한 말은 아닌 것 같아."
말하려다, 엄마 옆에 앉아, 엄마처럼,

양다리를 활짝 열고,[1] 자궁을 활짝 열고,[2] 세월이 흐르고 있는 내 자궁을,[3] 보고, 다시 엄마 자궁을, 보고, 저 열려진 자궁으로부터 내가 나왔는데,[4] 우당탕탕 찢고 내가 나왔는데,[5] 왜, "엄마가 할 만한 말은 아닌 것 같아." 말하려고 했을까? 엄마는 예쁘기를 포기하지 않는 것뿐인데.[6]

엄마, 나도 이번 달에 산부인과 가야 하는데, 자궁경부암 검사받으러 가야 하는데, 가서 이렇게 다리 벌려야 할 텐데,[7] 그 차고 섬뜩한 검사 기계가 나를 밀고 들어올 텐데,[8] 이렇게 엄마랑 같이 벌리고 있으니 괜찮다, 말하니, 얘 모르는 척 안 가 본 척 처음인 척 가지 않아도 돼,[9] 나 요실금 수술 받으러 갈 때 같이 갈까? 말하는, 엄마.

예쁘니? 고민되더라니까, 진짜 질이랑 골반이 짱짱해진다잖니, 요실금에도 좋고, 자궁에도 좋고, 방광에도 좋다고 하니까……[10] 말하면서, 자꾸자꾸, 들여다보며, 예쁘니?

아직 한 번도 자식 낳아 본 적 없는 내 자궁에서 덜거덕
소리가 나고,[11] 엄마 자궁에 번지는 검붉은 기운을 보며,[12]
흙이 되어 가는 엄마 자궁을 보며,[13] 울컥 불컥,[14]

예쁘다……

1) 여름 학기/ 여성학 종강한 뒤,// 화장실 바닥에/ 거울 놓고/ 양다리 활
   짝 열었다. (진수미, 「Vaginal Flower」, 『달의 코르크 마개가 열릴 때까
   지』, 문학동네, 2005)
2) 아나 찍으시오! 나는 자궁을 활짝 열어 주었다 (문정희, 「나의 자궁」,
   『응』, 민음사, 2014)
3) 나와 내 아이가 이 도시의 시궁창 속으로 시궁창 속으로/ 세월의 자궁
   속으로 한없이 흘러가던 것을 (최승자, 「Y를 위하여」, 『즐거운 일기』, 문
   학과지성사, 1984)
4) 여자의 자궁은 바다를 향해 열려 있었다./ (오염된 바다)/ 열려진 자궁
   으로부터 병약하고 창백한 아이들이/ 바다의 햇빛이 눈이 부셔 비틀거
   리며 쏟아져 나왔다. (최승자, 「겨울에 바다에 갔었다」, 앞의 책)
5) 우당탕탕 (이원, 「자궁으로 돌아가자」, 『야후!의 강물에 천 개의 달이 뜬
   다』, 문학과지성사, 2001) ; 자궁을 찢고 나온 적이 있는 (이원, 「나이키 1」,
   『세상에서 가장 가벼운 오토바이』, 문학과지성사, 2007)
6) 그런데 왜 여자는 예쁘기를 포기하지 못할까/ 그건 누가 가르친 게 아
   니다 …(중략)… 아무도 여자로 봐주지 않는데도 여자를 포기하지 않고

있다/ 놓으면 편한데 결코 놓지 못하는/ 그 힘도 말릴 수 없는 에너지라
면 에너지다/ 세대를 건너오는 발그스럼한 불씨다 (이규리, 「예쁘기를
포기하면」, 『뒷모습』, 랜덤하우스코리아, 2006)

7) 머리털 나 처음으로 돈 내고 다리 벌린 날, 소중한 당신 산부인과에는
다행히 여의사만 둘이었다. 어디 한번 볼까요? 자궁경부암 진단용 초음
파 화면 가득 잘 익은 토마토의 속살이 비릿한 붉음으로 클로즈업되어
있었다. (김민정, 「음모陰毛라는 이름의 음모陰謀」, 『그녀가 처음 느끼기
시작했다』, 문학과지성사, 2009)

8) 1년에 한번 자궁경부암 검사 받으러 산부인과에 갈 때/ 커튼 뒤에서 다
리가 벌려지고/ 차고 섬뜩한 검사기계가 나를 밀고 들어올 때/ 세계사가
남성의 역사임을 학습 없이도 알아채지// 여자가 만들었다면 이 기계는
따뜻해졌을 텐데/ 최소한 예열 정도는 되게 만들었을 텐데/ 그리 어려운
기술도 아닐 텐데/ 개구리처럼 다리를 벌린 채/ 차고 거만한 기계의 움
직임을 꾹 참아주다가 (김선우, 「하이파이브」, 『나의 무한한 혁명에게』,
창비, 2012)

9) 박철수는 《키노》 1997년 6월호 인터뷰에서 「산부인과(Push! Push!)」를
통해 "여성성의 본질에 관"해 말하고자 했다고 말했다. 그가 말하는 "여
성성의 본질"은 "약하고 혹은 보호받을" 만한 것으로, 그는 "세상이 깨끗
해지려면 여성의 자궁이 깨끗해져야 한다"며 "지금의 여성들은 사회적
으로 너무 강하기 때문에 원래의 여성성, 아름답고 보호받아야 하고 어
리광부리고 하는 것들을 회복시켜야"한다고 말했다. 「산부인과(Push!
Push!)」는 "여성을 주제로 해서 상품화시켰기 때문에 여성 영화라고 할
수 있"으며, 자신은 "이상한 페미니스트"는 아니지만 "대체로 여성 편에
서 있다"고 말하는 박철수에게 기자는 질문을 던진다. "산부인과는 무엇
을 상징하고 있습니까? 다시 말해 산부인과라는 의학적 제도 자체가 상
징하고 있는 것은 무엇입니까?" 기자의 물음에 박철수는 다음과 같이 답
한다. "산부인과의 상징성? 산부인과는 단지 남을 도와주는 것이다. 산

부인과가 없어도 충분히 아이를 낳을 수 있지만 현대적 방법으로 도와주기 위해 있는 것이다. 옛날에는 단순했던 여자가 아이를 낳는 것도 이제는 굉장히 복잡해졌다. 부인병도 발달하고. 그런 물리적인 것 말고는 산부인과 하면 여성성에 가장 가까이 있는 하나의 터라고 할 수 있겠다." 기자는 다시 묻는다. "자신의 몸을 제도화하는 어떤 장치로서 산부인과를 물어본 것인데요?" 박철수는 그런 기자의 물음에 다음과 같이 답한다. "산부인과를 어떤 제도라고 보고 싶지는 않은데…… 산부인과의 존재 의미는 가장 원초적인 것이란 이야기이다. 그러니까 기본적인 것이지 어떤 제도라고 생각되지는 않는다." 「산부인과(Push! Push!)」의 포스터 문구는 "모르는 척 안 가 본 척 처음인 척"이다.

10) 보험사와 보험 계약자 모두 손해 보지 않는 보험 상품을 개발해야 하는 계리사 입장에서 여성시대건강보험은 리스크를 인지하지 못한 대표적인 사례이다. 1998년 2월 삼성생명이 내놓은 여성시대건강보험은 출산 경험이 있는 여성이 주로 앓는 질병인 요실금을 비롯해 자궁암, 고혈압, 골다공증 등 12대 질환을 보장하여 금세 가입자 수가 200만 명을 넘을 만큼 인기를 끌었으나, 삼성생명은 2조 원의 손실을 입었다. 여성시대건강보험 출시 후에 기존의 배를 가르는 수술과 달리 회음부에 인조 테이프를 걸어 요실금을 치료하는 TVT(Tension-free Vaginal Tape) 수술법과 TOT(Trans-Obturator Tape) 수술법이 생겼고 그로 인해 요실금 치료 비용이 500만 원 선에서 150만 원 선으로 떨어졌기 때문이다. 새로운 수술법이 출시된 지 2년쯤 지나 일부 지역을 중심으로 요실금 수술 사례가 급증하다가 곧 전국적으로 확산되었으며, 2006년 국민 건강 보험에서 요실금 수술을 급여 대상에 포함하면서 요실금 수술이 일반화되었다. 그보다 더 큰 문제는 예쁜이수술(예쁘니수술)을 받으면 요실금 치료 효과가 있다는 소문이 퍼져 예쁜이수술을 받고 요실금 치료 환급 요청을 하는 사례가 빈번하게 발생한 데 있다. 예쁜이수술은 출산 따위로 늘어난 질 구멍을 작게 하기 위하여 하는 질 봉합 수술을 속되게 이르

는 말인데, 예쁜이수술을 받고 요실금 치료 환급 요청을 하는 방식의 보험 사기로 85차례에 걸쳐 6억 원을 편취했던 일당이 체포되는 사례 등으로 인해 보험 범죄 예방을 위한 제도 개선 방안 연구에서도 예쁜이수술 보험 사기를 주요하게 다루고 있다. 2011년 6월 10일《동아일보》보도에 따르면, 보험 설계사와 짜고 예쁜이수술 보험 사기를 주도한 산부인과 원장에게 구속영장이 신청되었고 병원 사무장과 보험 설계사 30명 및 보험 가입자 18명 등 총 49명이 불구속 입건되었다. 예쁜이수술의 효과가 미미하다는 연구 결과가 꾸준히 발표되고 있지만 아직도 예쁜이수술을 권하는 의사들이 많다.

11) 자궁은/ 배를 덜거덕 소리 나게 하고 (실비아 플라스,「자식 없는 여인」, 『실비아 플라스 시 전집』, 마음산책, 2013) ; 녹슨 자궁이 덜그럭거리며 (이원,「한 여자가 간다」,『세상에서 가장 가벼운 오토바이』, 앞의 책)

12) 우리 엄마 자궁 속에 검붉은 암 기운이 번지나봐. (최승자,「지금 내가 없는 어디에서」, 앞의 책)

13) 흙으로 된 자궁은/ 그 죽은 듯한 권태로부터 슬며시 기어나온다. (실비아 플라스,「닉과 촛대」, 앞의 책)

14) 울컥 불컥/ 목젖 헹구며, (진수미,「Vaginal Flower」, 앞의 책)

# 엄마들

모성애가 인류와 사회에 이익이 되는 본성이라고 말하는 사회가 있었다. 우리는 그 사회에서 편찬된 사전을 복간하려는 사람에게 사전을 보냈다. 다음은 우리가 그 사람에게 보낸 사전에 밑줄 친 부분을 발췌한 것이다.

침묵[1] : 폭력

희생 : 침묵[2]

침묵[3] : 모성


엄마[1] : 서비스


엄마[2] : 양파는 눈물의 어원이고 눈물은 집의 속어이고 집은 분노의 비어이고


엄마[3] : 절반을 바친 엄마는 절반을 모르는 엄마이기도 하고 이미 전체를 바친 엄마이기도 하다


엄마[4] : 매일 밤 복수를 하기 위해 포로를 잡아서 꼬치처럼 말뚝에 꿰어 적군들이 지나가는 길목에 세워 놓고 천천히 말려 죽인다는 슬라브인에 대해 들려주는 사람


엄마[n] : 페이지에 오류가 있습니다

# 혈통

벌레에 가까워질수록 아버지
에 가까워질수록 나는
그래도 나일까?


처음부터 뜨지 않는 태양이었다. 부분의 나였기 때문에
나는, 자녀.

처음부터 명명했다.

얼음에서 내림으로의 비약, 의지를 잃지 않는 거짓말, 희
희낙락, 우는, 우산이군.

꼼꼼하게 내리는 폭우 같은 것이군.

찔린 눈! 그 눈으로, 그런 눈으로,

상복이군.

# 리벤지 포르노(revenge porn)

복수[1] : 복수를 찍어 내고, 복수를 업로드하고, 복수를 구경하고, 차단된 복수는 프록시 우회로 접속한 뒤 클릭해서 보는 것이 취미인 당신, 복수의 사전적인 뜻을 아십니까?

복수[2] : 이 복수의 방식이 이별을 버티는 힘이 되어 주었다는 사실 정상 참작해 주셨으면 합니다.

유포[3] : 금해 주시길 부탁드립니다.

유포[4] : 종종 지나가는 발목, 발목.

폐쇄[5] : 빗소리 같은 재생 버튼이 눌리면 무기력한 분노가 방문을 닫고, 열리지 않고, 왜 하필 표적이 되었을까, 생각하면 생각할수록 열리지 않는 방문이고, 떠오르고, 닫힌 방문은 닫힌 방문이고, 닫힌 방문 안에서 외설로 변질된 사랑인 채로, 방문의 안쪽이고, 안쪽의 안쪽 같은 몰골로, 그러므로 한심한 믿음 같은 몰골로, 그러니까 불신한 희망 같은 몰골로, 그럼에도 불구하고 일 년째, 백만 년처럼, 열리지 않는 방문인 채로, 닫히고,

폐쇄[6] : 재오픈.

혐오[7] : 당신이 사용한 이별의 동의어.

혐오[8] : 나를 혐오하는 당신의 동의어.

1) 리벤지 포르노(revenge porn)는 교제 대상을 모욕하거나 위협하고 복수하기 위해 성관계 영상을 업로드한 것이다. 리벤지는 피해자가 복수당할 일을 했다는 인상을 주고 포르노는 피해자가 포르노에 출연했다는 인상을 주기 때문에 리벤지 포르노라는 용어가 잘못되었다는 지적이 이어져 왔다.

2) 대한민국 성폭력 관련 법안의 경우 악의를 가지고 누군가의 삶을 망가뜨리는 것에 초점을 두지 않고 음란물을 유포했다는 것에 초점을 두기 때문에 피해자와 피의자가 연인 사이였다는 것이 정상 참작된다. 이는 리벤지 포르노 피해가 늘어나는 원인 중 하나다. 대검찰청에서 발행한 「2016 범죄분석」에 따르면, 2008년부터 2015년까지 전체 범죄 발생률은 줄어든 반면 성폭력 범죄 발생률은 증가했다. 특히 카메라등이용촬영죄의 신고 건수는 2011년 기준 1,565명에서 2015년 7,730명으로 5배 증가하여 전체 성 범죄의 약 25%를 차지했다. 김현아는 「성폭력 범죄의 처벌 등에 관한 특례법상 카메라 등 이용촬영죄에 대한 연구」(2017)에서 서울 지역 법원에서 2011년 1월 1일부터 2016년 4월 30일까지 선고된 카메라등이용촬영죄(신체 등을 촬영한 범죄) 2,389건 중 1심 판결문 1,540건을 분석했는데, 벌금형 1,109건(71.97%), 집행유예 226건(14.67%), 선고유예 115건(7.46%), 징역형 82건(5.32%) 순이었으며, 징역형의 경우 6개월형 29.27%, 1년형 19.51%, 8개월형과 10개월형이 각 14.63% 순이었다.

3) 소라넷은 1999년 5월 'Sora's Guide'라는 사이트로 시작해 2003년 경찰이 추정한 바 100만 명 이상의 회원이 가입한 국내 최대 음란 포털이다. 2015년 11월 경찰이 본격적으로 소라넷 수사에 착수했고, 2016년 6월 폐쇄되었다. 현재 대한민국 법률에 근거하여 대한민국에서 소라넷에 접속하는 것은 차단되고 있다.

4) 재판부는 촬영 부위가 다리, 발목 등인 경우 수위가 약하다고 판단해 감

형한다.

5) 2006년 한국여성민우회 성폭력상담소에서 발간한 「반성폭력 문화 확산을 위한 성폭력 보도 가이드라인」에는 리벤지 포르노로 협박 받았을 때 대응법이 제시되어 있다. 그러나 여전히 대다수 리벤지 포르노 피해자들은 수치심, 조치를 취했다가 더한 위협과 불이익을 당할 수도 있다는 두려움, 피해자를 피해자로 보지 않는 시선 때문에 피해 사실을 밝히지 못하고 있다. 홍영은, 박지선은 「카메라등이용촬영죄에 대한 인식: 성별과 양가적 성차별주의를 중심으로」(2018)에서 카메라등이용촬영죄에 대한 인식의 성차를 비교한 결과, 남성의 경우 카메라등이용촬영죄 사건 발생에 있어 피해자에게 더 큰 책임이 있다고 보고 가해자보다 피해자를 비난하는 경향을 보였다고 말했다.

6) 소라넷이 폐쇄되면서 '꿀밤' 등 제2, 제3의 소라넷이 우후죽순 생겨났다.

7) 남성 혐오자라는 말이 처음 사용된 것은 영국의 월간지 《스펙테이터(The Spectator)》 1871년 4월호 기사이며, 사전에는 1952년 『메리엄-웹스터 대학사전 제11판(Merriam-Webster's Collegiate Dictionary)(11th ed.)』에 처음 등재됐다. 알란 G. 존슨(Allan G. Johnson)은 『The Gender Knot: Unraveling our Patriarchal Legacy』에서 남성 혐오(Misandry)는 가부장제 사회에서 권력을 가진 남자들이 여자들을 평가 절하하며 억압하는 것에 대한 반발에서 비롯되었다고 주장한다. 남성 혐오는 여자들의 남성 특권에 대한 증오라는 점에서 여성 혐오와는 다르다. 한국문학평론가협회에서 편찬한 『인문학 용어 대사전』에 따르면, 여성 혐오(misogyny)는 "남성 혹은 여성이 여성에게 느끼는 증오와 공포"를 의미한다. 남녀 모두 "여성은 원래 지적으로 열등하고, 이성적이기보다는 감성적이며, 어린애 같거나 관능적이라는 신념을 갖고" 있기에 "남성은 여성을 비하하거나 멸시하면서 쉽게 성적인 폭력을 행사할 수 있게 된다."

우에노 치즈코(上野千鶴子)는 『여성 혐오를 혐오한다(女ぎらい ニッポンの ミソジニ-)』(2010)에서 남자는 "남성으로서의 성적 주체화를 달성하기 위해 여성 멸시를 아이덴티티의 핵심 깊은 곳에 위치"시킨다고 주장한다. 여성 혐오를 기반으로 조직된 가부장제 사회는 "남성이 끝까지 남성 우위를 지킴으로써, 다시 말해 여자가 남자를 떠받드는 것에 의해 간신히 유지"되며, "여성 혐오는 남자가 여자로 태어나지 않았다는 사실에 안도하고 여자가 여자로 태어났다는 사실을 저주하는 것"으로 나타난다.

8) 2016년 DBpia에서 선정한 사회 과학 분야 최다 검색 키워드로 여성 혐오가 선정됐다.

# 알코올

아버지가 "죄송합니다."라고 말할 때, 아버지가 "다음부터는"이라고 말할 때, 여섯 살 때,

무심코 밟힌 얼굴이 아직도 장롱 안에서 나오지 않는다 찾고 싶어, 장롱을 열면,

나는 오줌처럼 축축한 코
나는 주전자를 쏟고 길 잃어버리고 물구나무서고

장롱을 닫으면 몸통부터 튀어나오는 용수철 같은 아버지

장롱의 입은 다물어라
장롱의 귀는 벽이 되어라
장롱의 눈은 최대한 커다랗게 감아라

장롱에서 자궁처럼 꺼내어진 나는 탯줄을 끊을 때처럼 스타카토의 폭력에 익숙해지고

나는 나를 철창이라고 부르기도 하고

나는 나를 계단에서 굴러 떨어뜨리고

덜컥덜컥 떨어져 있지만 붙어 있는 입술로
덕지덕지 이마 옆의 귀 앞의 코를 붙이며

아버지의 방법으로
방법적인 아버지로

아버지처럼 "무지해서 그랬습니다."라고 말하는 법에 익
숙해지고

내 몸에 알코올을 뿌렸을 때, 라이터로 오래 열을 가했
을 때, 무지개 같은 여섯 살 때,

## 무리해서 나눈 말이 되거나 나누면 나눌수록 절대 나눠지지 않는 잘못이 되거나

"어떻게 보입니까?" 자녀가 되는 것은 "나프탈렌을 먹는 저녁 같은 것입니다." 고양이처럼 "아홉 번 죽고 열 번 태어나면 될 것 같아서" 가스 밸브를 열었습니다. 고양이는 두부. 두부는 허벅지. 튤립으로 혀를 덧댄 뒤 "다음에는 칸나로!" 말하려고 하자 하얗게하얗게하얗게 파괴되는 세포들. 블라인드를 닫고, 열고, 닫고, "두부를 먹겠습니까?" 블라인드를 열고, 닫고, 열고, 두부 같은 "허벅지를 핥겠습니까?" 블라인드를 닫고, 열고, 닫고, "핥는 목소리는 제법 괜찮"다고 답하는 대신

울었습니까?
물었습니다.

혀를 헐뜯듯 얼굴을 뜯으며 "나는 왜 밖에서는 큰소리도 못 치는 아버지 같습니까?" 혀를 헐뜯듯 얼굴을 뜯으며 "왜 비수를 꽂은 밤일수록 바닥이 드러나지 않습니까?" 혀를 헐뜯듯 얼굴을 뜯으며 "왜 흥 진 몸일수록 교묘하게 상냥한 어법을 배우기 좋습니까?" 혀를 헐뜯듯 얼굴을 뜯으며 "예민한 사람은 비극보다 불온서적이 어울리므로 차라

리 종교를 믿겠다고 하겠습니다." 혀를 헐뜯듯 얼굴을 뜯으며 "종교는 가능성 없는 용서"이므로 여기저기 울음을 못박으며 "울음도 가난하여 허덕일 수 있다는 것을 보여 드리겠습니다." 혀를 헐뜯듯 얼굴을 뜯으며 "내가 부정했던 감정이 언젠간 나를 부정할 거라고 말하는 아버지에게"

우리는 유리
관계는 죽음

# 사전편찬위원회

　침묵에 익숙하지 않은 속기사와 "세상의 모든 아버지는 결함이 있는 법이므로 양해바랍니다."라고 적힌 사전 편찬 과정을 번역하고 있는 번역가와 사전의 정의를 쇼나어로 '돌의 집'이라는 뜻의 '짐바브웨'로 명명하는 것은 어떤지 골몰하는 편찬자가 원탁에 가족처럼 둘러앉아 있습니다.

　속기사는 본질을 고민할 필요가 없으므로 사전을 사진이라고 오타 내는 일이 없도록 주의하기만 하면 됩니다. 번역가는 사냥개처럼 편찬자의 의도에 따라 번역하기만 하면 됩니다. 편찬자는 편찬자로서의 주의 사항을 숙지해야 합니다. 약속 시간을 어기지 않는 방식으로 단어를 명명할 것. 진정성보다는 진리에 가깝게 단어를 명명할 것. 선량하지는 않지만 모난 곳이 없도록 단어를 명명할 것. 훈계는 아니지만 설명하듯 단어를 명명할 것.

　변성기가 온 단어는 어떻게 처리해야 됩니까? 편찬자는 고민 중입니다. 고민은 진공펌프 같습니다. 그 사이 속기사는 샌드백을 치듯 속기합니다. 사전 : 짐바브웨. 번역가는 사전 : 짐바브웨와 사전 : 돌의 집 중에서 적합한 것을 고민 중입니다. 짐바브웨는 '성스러운 집'이라는 뜻도 내포하고 있기 때문입니다. 그럴 땐 편향된 것을 경계하라는 편찬자의 조언은 소용없습니다. 36년째 장기 집권 중인 무가베 대통령에 반발하여 '아랍의 봄' 형식의 시위를 벌이고 있는 짐바브웨의 현재 상황을 고려해 보는 것 역시 도움이 되지 않습니다. 그 사이 속기사는 설명을 실명으로 오타 낸 것을 정정하고 있습니다.

아직도 사전을 번역하지 못한 번역자는 자신이 15분이나 지연된 긴급재난문자 같다는 생각이 듭니다. 속기사는 고민 중인 번역가와 편찬자를 방청객이 된 것처럼 바라보다가 문득 아벨리노 각막이영장증으로 인해 실명 직전의 상태로 평생을 살아온 어머니가 생각났습니다. 편찬자는 고민 끝에 고민의 시작으로 돌아가서 보고서에서 잘못된 부분을 발견해야 하는 검시관처럼 사전 편찬 과정을 검토합니다.

생은 설탕으로 만든 도마이고 그 위에 칼로 만든 기다림이 놓여 있습니다. 밤의 범위를 좁혀 나가다 보면 아침이 되듯 생의 범위를 좁혀 나가다 보면 그 무엇이 있을 것입니다. 그 무엇에 대해 알아가기 위해서 생의 범위를 좁혀 나간다고 생각해도 될 것 같습니다. 사전을 만드는 작업 역시 이와 같습니다.

# 트집의 트로 끝나는 사전

트 【t】 생략당하겠습니다.

니트 【Not in Education, Employment or Training 약어 NEET】 왜 의지를 요구하는 겁니까?

델몬트 【Del Monte】 편의점 1+1 행사 상품만 고르는 것도 취향입니다. AI 결제 로보트(robot)가 출시되면서 무인 편의점이 확장되었다죠? 앞으로 적응해야 할 취향과 기술이 더 많아지겠네요.

오리엔트 【Orient】 신기한 듯 바라보지 마세요. 가터벨트(garter belt)처럼 꽉 막힌 시선으로 바라보지도 마시고요.

디트로이트 【Detroit】 '더 쉬운 해고, 더 적은 임금, 더 많은 비정규직'의 사회는 언제든 파산하겠지만,

다이너마이트 【dynamite】 무기력한 분노의 폭발력이 어디까지일지 궁금합니다.

아라비안나이트【Arabian Nights】세헤라자데처럼 비슷한 것 같지만 비슷하지 않은 이야기, 했던 것 같지만 아직 하지 않은 이야기, 아무도 겪지 않았을 것 같지만 누군가는 겪었을 것도 같은 이야기, 그래서 아무도 모를 것 같지만 누군가는 알고 있는 이야기를 프리미티브 아트 콘셉트 (primitive art concept)로 말해 보았는데, 잘 들으셨는지요.

페미니니티 테스트【femininity test】제가 여자인 게 무슨 상관이 있습니까? 비유에 비약이 심하다고 말하셨습니까? 혀를 내밀어 보시겠습니까? 당신의 트집은 남성성이 다분하지만 당신이 여자인지 아닌지 검사해 보고 싶군요. 언제까지 소매가 손목까지 이어져서 어깨와 가슴까지 감추는 로브몽탕트(robe montante) 스타일로 저를 취급할 겁니까? 고귀한 혈통의 심판 세트(온라인 전략 시뮬레이션 게임 DOTA2 아이템) 같은 것을 쉽고 빠르게 거래하듯 유연한 사고방식을 가지시길 조언합니다. (What? Don't get smart?)

# 건너편

중세의 마녀들은 두 개의 목을 싣고 다녔고,
나는 그녀들의 불태워진 몸을 싣고 다녔다.

중세의 기사들은 손금을 서쪽으로 돌렸고,
나는 나침반은 불안의 근거라고 반론했다.

중세의 교황들은 점치는 여자들을 사회에서 격리시켰고,
나는 사람들이 점처럼 사소해진 사회의 일원이 되었다.

중세의 사람들은 잠이 든 밤을 죽음이라고 명명했고,
나는 중세의 사람들을 밤이라고 명명한 책을 펼쳤다.


여자가 칼에서 집을 꺼낸다. 집이 칼이었으므로. 칼은
비명처럼 끊어진다. 이야기는 끊어지기 때문에 이어진다.
죽음은 이야기처럼 구전된다. 너의 죽음도 나의 죽음처럼
될 것이다. 너도 나처럼 이야기될 것이다. 여자는 믿음을
말한다. 사람들은 "그 여자는 골목이 휘어지는 건 길이 집
으로 향하기 때문이라고 믿는다"고 증언한다. 사람들은 여
자를 전염병이라는 신발로 부르며 불태운다. 네 개의 손가
락이면서 한 개의 젖가슴이며 없는 솥뚜껑인 여자는 불의
건너편이 되기 위해 우울에 빠지고 물의 건너편이 되기 위
해 비명을 지르면서 와전되어 간다. 여자는 피해 다녀야 되
는 사람에서 피해받았던 사람이 될 때까지 시간을 바늘로
찌르면서 견딘다. 처형장의 공기로 떠돌다가 원형 극장의

커튼콜이 되었을 때 사람들은 변명은 건너편 같은 것이라
고 말했는데,

　건너편에 대해 생각하다가 건너편을 바라보다가 건너편
의 네가 건너편의 나를 바라보았는데 나는 너는 아니었으
면 한다.

# 모자의 모사

최신 모자 제품을 만드는 견본 책을 얻기 위해 기다리는 여자가
싫어 자기만의 방에서 소설을 쓴 여자 이야기 들어 본 적 있니?

화장을 하고 비엔나풍의 문양이 들어간 모자를 쓴 자신을 그리고
Rrose Selavy라는 가명으로 활동하기도 했다는 남자에 대해서는?

모자 상인의 아들인 어떤 남자는 작업실에 갈 때마다 모자를 썼대.
그의 작품의 수많은 모자의 방식처럼 내게도 모자가 있지. 한 개의
모자는 쏟아지는 모자로 착용되지 않는 모자로 모자 같은 모자로.


나는 나를 베꼈다: 그건 신에 대한 불쾌한 경의이거나
배려 가득한 조롱!


나는 움켜쥔 형상의 모래
나를 베낀 나는 매일 보이지만 매일 보이지 않는 구름


나는 나처럼 수다를 떨거나 딱따구리 부리를 버리거나
의자를 모으거나


내 몸을 베낀 모자가 필요해 뿌리에 코를 꽂고
달이 낮에 뜨지 않아 무화과도 피지 않아 혀를 뽑고


이번 모자의 콘셉트는 손뼉의 손뼉이 되는 것

콘셉트적인 모자가 되기 위해:

두 개의 못과 네 개의 바게트를 먹고 평생 나가지 않아도 될 만큼의 담요를 장만하고

웃음은 조금만 얼굴이 붓지 않을 정도로만 아프겠구나 쓰다듬는 손바닥에 소름을 끼치고

머리카락 빠진 빗자루가 깃털 없는 비둘기가 되는 과정: 어떻게 보일까?

그렇지만 모자를 베끼는 나와 나를 베끼는 모자의 일치점을 찾기 위해

언젠가는 모자의 몸을 베낀 나를 버려야 한다

권위적인 모자를 모사한 모자는 언제나 색다르듯, 베낀 나를 버릴 때의 나는 뒤통수가 없다

3부

# 사라지지 않는 모자

— 홈스쿨링

## 모자법

생텍쥐페리의 『어린왕자』에 국제 천문학 회의에 참석한 터키 천문학자 이야기, 기억나니? 터키식 복장을 입었다는 이유로 소행성 B612를 발견했다는 주장을 무시당했던. 그래서 터키의 독재자가 터키식 복장을 바꾸는 법을 만들었다는. 엄마가 들려주려는 이야기는, 코끼리를 삼킨 보아뱀을 모자로 보는 사람들에 관한 이야기가 아니라, 사라지지 않는 모자에 관한 이야기란다. 무스타파 케말 아타튀르크가 오스만 제국의 잔재이자 청산해야 할 전통이라고 생각해 페스 착용을 금지시켰다는 이야기가 아니라, 교차로 신호등 앞에 주말마다 와서 터키식 아이스크림을 파는 터키 청년이 쓴 페스에 관한 이야기지. 그러니까,

## 갓(GOD)갓(God)

지금 펼친 페이지, 이덕무의 「갓의 폐단」도 그런 이야기 아닐까? 『청장관전서靑莊館全書』에 실렸다는 것에 밑줄 쳐져 있네. 뒤쳐 쓰지도 말고, 끈을 움켜잡아 매지도 말고,

흘어 매지도 말고, 귀에 내려오게 매지도 말라, 부분에도. 실용적이지 않고 폐단이 크니 쓰는 것을 금지해야 한다는 것이 요지라는 해설에는, 빡빡! 1884년 고종이 의제 개혁을 해서 복식 제도가 간소화되고 개화기 시대에 서구 복식이 유입되면서 갓이 사라지긴 했지. 그런데 지금 아마존에 갓(GOD)갓(God)이라고 Netflix 「Kingdom」 hats가 hot하게 팔리고 있는 거 알지? 그러니까, 엄마가 들려주려는 이야기는, 사라지지 않는 모자에 관한 이야기란다.

# 모자 속에서 붉은 혀가

물을 나르고 짐을 나르고 책임을 나르다가 詩를 나르게 되었다는
라위야, 그가 벗어 두고 간 모자 속에서 붉은 혀가,


설탕에 빠진 설탕과 두꺼비의 피부처럼 말린 이슬과 밤
을 만진 칼과 나이팅게일과 은행알을 넣어서 만든 혀의 매
듭이 풀리면 저녁의 영역과 아침의 영역의 매듭이 풀리게
될 것이다

그리하여 수수께끼처럼 묻고 답하는 관계를 좋아하는
소녀와 어떤 것이든 옳다고 말하는 소년과 얼굴을 벗어던
지는 고양이의 관계가 시작될 것이다

혀를 바다에 떨어뜨리자 숲에서 목이 자랐다
라는, 문장으로, 시작될 것이다

## 모자

모자를 썼을 때의 나는 소외의 발견이다. 소외는 모자를 썼다가 벗었다가 다시 쓰기를 반복했다.

*

여기, 감각 없는 꿈과 조금의 저녁으로 만든 모자가 있다. 열대야와 열대어를 혼동한다. 여름과 얼음 사이를 반복한다. 구체 관절 인형인 것처럼 꿈의 핏줄을 더듬어 감각을 찾는다. 정수리에 달구어 놓은 다리미를 올려놓고, 잘 어울리는 모자구나, 말한다. 여기, 말하는 모자가 있다. 구관조의 목소리는 경쾌하고 공작새의 깃털은 부드러워. 공작새의 깃털은 경쾌하고 구관조의 목소리는 부드러워. 여기, 말하는 모자의 말을 듣는 내가 있다. 공작새의 깃털은 경쾌하고 구관조의 목소리는 부드러워. 구관조의 목소리는 경쾌하고 공작새의 깃털은 부드러워. 여기, 소외처럼 사라지는 모자가 있다. 그 앞에 마술사의 트릭처럼 어디에서 본 것 같지만 알 수 없는 방법으로 사라지는 모자를 바라보는 내가 있다. 콘크리트공이 보도블록만 보듯 비뇨기과 의사가 항문만 보듯 미용사가 머리카락만 보듯 모자만 보던 나는 이제 어디에 있는가.

*

　모자가 소외를 벗고 퇴장했을 때 소외는 없는 나를 발견
하기 위해 나를 찾다가 모자가 되었다.

## 구마조의 모자

돼지를 삼켰다 나는
옷걸이가 되었다가 의자가 되기도 하였지만
이번에는 여자로 태어났다

"이리 와." (절뚝거리는 새야!) 불러 세웠다
(내가 어떻게 보여도 상관없어.) "여전하네."

혀를 허공 위에 내려놓았다 어떡하려고
그렇게 매달렸을까? 입은

불러 세울 때마다 돌아보았다

"괜찮니?" 나는, 구마조!
인사가 받고 싶은 모자!

없는 사과를 받고 싶을 땐 이렇게 말했다
"너는 너 때문에 불행해질 거야."

물컹하고 울컥거리는 밤

동쪽을 향해 있는 나침반인 나는

썰린 살점의 기분, 공복의 벌레, 잠잘 틈 없는 칼의 말,
다시

밤


변기에 난데없다는 듯 앉아 있는 나는

씻고 또 씻으면 목요일에서 화요일로 다시 모자로

# 목

목요일마다 목이 없는 비둘기가 발견되었지.
피로 목욕하면 당신을 되찾을 수 있다고 생각하는 여자 짓이었지.

"목을 주목해서 보는 습관이 생긴 건 언제부터일까?"
"목요일의 사람은 떠나는 사람이라는 속설은 언제부터 생겼을까?"
여자는 마지막인 듯 "왜 목요일에 발견되는 비둘기는 목이 없을까?"

없는 목은 있는 나를 생각하고, 있는 나는 없는 목 안에 손가락을 집어넣고 흉부를 꺼내지. 흉부는 장미를 꺼내고, 장미는 비둘기를 꺼내고, 비둘기는 소란을 꺼내고, 소란은 목을 꺼내고, 꺼낼 때마다 밤은 짧아지고.

없는 목은 "나는, 장미가 될 수 없는 거울이고, 거울 안에 들어갈 수 없는 장미"라고 말하지. 거울은 "잎과 가시를 동시에 보여줄 수 있는 장미"라고 말하고, 장미는 "예쁘기도 하고 시들어 버리기도 하는 거울"이라고 말하지. 거울을 깨뜨려도 장미의 목은 눅눅해지지 않지만 비가 내린다면 거울은 녹슬어 버리지. 잎과 가시 둘 중 하나가 없어도 장미는 장미가 될 수 있지만 목이 없다면 내 얼굴은 내 얼굴이 될 수 없지. 나는 나이고 언제나 나이지만 항상 같은 나는 아니니까.

언제나 제자리에 있었던 목.
늘 찾지 못하는 얼굴.

없는 목을 꺼내는 모자는 목의 사연은 감추어 주었지.

# 밤의 모자

안부는 도로 입속에 넣어 줘

토마토의 色을 빌려주겠니? 가지나 타조의 色 같은 것도
괜찮아?

나의 발은 완전히 몽롱해졌으니
은신시켜 놨던 자학이나 꺼내야겠다

엉망진창 울고 있는 얼굴과 불쌍한 어깨는 쓰레기통에
처박고

폐빌딩 같은 장화 속으로
장화 같은 까마귀 속으로

나는 나에게서 도망치기 위해 열쇠와 양말을 챙겼다
밤은 밤에게서 도망치기 위해 앞면이 나올 때까지 동전
을 던졌다

구르고 구르다 처박힌

동전으로 발견된 나는

모자 쓴 밤의 모자를 벗기겠다
모자의 얼굴과 내 얼굴을 구분 못하겠다

떨어지지 않는 발과 떨어진 발을 고르고 고르다 할 수
없이
괜찮아지겠다

# 신의 모자

모자: 튀어나오는 사백 마리의 토끼로 사백 개의 유방으로 사백 자루의 옥수수로 사백 명의 난쟁이로

사백 명의 난쟁이는 희망보다 재앙이 더 재미있다며 불을 지르다 "그런데 왜 신은 밀짚거울처럼 흐릿할까?" 밀짚거울은 침묵처럼 "믿음은 환각이니까" 늘 3인칭 시점이었던 믿음은 "나는 태어났으므로 태어나지 않았다"고 말하려다 방관의 자세를 고수하며 간신히 유지되고 불길 안에서 사백 명의 난쟁이는 "기대할 것이 없는 것을 기대하고 있으니까"라고 말하며 사백 자루의 옥수수로 사백 개의 유방으로 사백 마리의 토끼로

두 송이의 거베라와 세 마리의 깃털뱀과 일곱 개의 지팡이를 꺼내는 밀짚거울: (계속계속) 모자

4부

## 고백

밥 먹다 웃다 수다 떨다
칼로 눈동자를 도려냈다

악의는 없어?

물음은 칼이다
무분별해서 우스워 보이고 계속, 계속, 나는

이런 얼굴
저런 웃음

낄낄낄 꽃다발처럼 떨고 있는 고백이다

가령, 60도로 기울어진 언덕에서 걸어오던 사람이 인사
했다고 하자
나는, 사랑은 60도 각도에서 시작된다, 라고, 고백했다고
하자
아니, 그런 종류의 고백이 아니라고 정정당했다고 하자

부딪치는 순간 잠깐만요 고개를 갸웃거리고
스쳐 지나가고 함부로 인연을 믿고
정말? 비가 내리면
발랄하게, 치욕스럽게,

어떤 것이든 반성해야 해?

되묻는 고백은 모서리
움푹움푹 파먹힌 기분

그러므로
　　　　들쥐 들쥐들
　　　　입술 입술들

덫이 필요하다고 하자
쓰다듬으면 얼굴 할퀴는 고양이가 등장해
　모자를 쓰고 모래가 되었다가 유충처럼 산양의 입을 뒤
집은 다음 다시 모자를 쓰고

벗고

유쾌해
정말? 무례해

칼로

눈동자를
도려내고

아무렇지 않아서 기만이다
아니, 기만이 아니다, 갸웃거리는 고개를 잡고서
기어코, 기만이다, 고백은

채식주의자처럼 극단적으로 유순하고
　사육제처럼 즐거움의 가면을 쓰고 불의의 사고를 기대
하는 경향이 있다

# 칼로

"영영 불면증을 앓게 될 거야."

두부 같은 심장이었지. 밤의 혀였지. 자르고 잘려도 다시 자라나는
도마뱀의 꼬리 같은 일요일.

보라와 파랑을 섞어 놓은 죽음이었지. 이제 막 탯줄을 끊고 나온 이별은

"이게 뭐냐고!"
소리 지르고 싶은

무릎은. 미역 같은
멍.

나를 보는 네 눈동자 안의 나는
다리가 분질러진 침묵

은 끝까지 말하지 않았지. "정말 네가 필요해."

네가 건넨 악수는 (절뚝절뚝) 거위 모양의 구름이었지.

"나는 그렇게 못 해 줘." 그러니까,
목덜미, 어깨, 골반, 발뒤꿈치,
순서대로

더듬더듬. 그래그래.
절단된 절망들은 "그래도 괜찮아?"

그래도
나는

두부였지. 손톱이거나 설탕이었지. 푸딩처럼
움푹 파먹기 좋은 어제였지.

일요일은 늘 어제라고 말하는 너였지.

# 칼이 내게 여기까지라고 선을 그었다


칼 안에서 나는 길조였다.
어쩌면, 귤. 귤 같은 구름.

구름은 회중시계.
구름은 나를 8시에 열두 번 초대했다.

구름 안에서 나는 아흔아홉 마리의 개미와 창백함을 넣어서 만든 무화과. 무화과가 되기 전 한 그루의 전나무를 보았고 한 마리의 고양이를 잃어버렸고 한 개의 불가사리를 가지고 있었다. 전나무에서 플라밍고가 쏟아져 나왔고 고양이에서 용수철이 쏟아져 나왔고 불가사리에서 손이 쏟아져 나왔다. 아파, 계속 아파야 해. 바닥에선 돔이 팔딱거리는데, 아직도 앞이 보이지 않니? 괜찮아, 영원히 아프렴. 귀가 말했다. 무럭무럭 아파라. 아프고 아파서 아프리카에서처럼 서먹해져라. 밤처럼 보이지 않아져라. 뱀처럼 차가워져라. 겨울처럼 미끄러워져라. 물끄러미 미끄러워져라. 창백함을 쓰다듬어라. 귀신이 신다 버린 발아. 절반만 어두운 새벽아. 충돌아. 적십자 병원의 천장아. 절박하게 앞이 보이는구나.

칼이 말했다. 주술가의 예언이 맞았지? 투명한 말이었다.
선을 긋지 않는 말이어서 폐쇄성이 느껴졌다.

# 혀에서 속이 나왔다


음독은 장미
장미의 안에서 나는
뺨을 깨뜨렸다 손을 터뜨렸다 이마에서 수천 개의 눈들
이 쏟아져 나와 코는 혀를 자르고

이해했다
끝없는 배려와 최고의 순진이 사랑이니까

잘린 혀가 혓바닥 속에 쌓여 있던 혀를 꺼냈다

사랑에도 연습이 필요하다는 것을 몰랐던 나는
대답은 팔의 방향처럼 고정되어 있다는 것 역시 몰랐다

고양이 눈동자처럼 퍼지는 "거짓말!" 같은 진실에

배후는 암전되고
암전은 선택되고

나는 때때로 "절반만 바칠래?" 말하는 입의 그였다

깨진 쟁반의 입으로, 입으로 깨진 쟁반으로, 그처럼
"진실은 천 개 중에 세 개"라고 "고백은 뿔"이라고

말할 수 없어서 탁자 위에 완전한 우울을 올려놓고 탁자
아래에 불완전한 충만을 웅크려 놓았다

나는 거짓말처럼 아름다운 음독
음독의 안에서 혀는
장미다 장미의 방향을 따라 느릿느릿 기어 나오는 아비
시니아고양이다 아비시니아고양이의 발자국에서 시작되는
저녁이다 저녁은 화남 지방에서 봤던 적토다

# 목

  내 한쪽은 네 목을 졸라 죽이고 싶어 하고 또 한쪽은 내
목을 졸라 죽이고 싶어 한다. 내 한쪽은 목소리의 방향을
길처럼 따라가고 또 한쪽은 독사를 너무 긴 목이라고 우긴
다. 다르게 말하면, 내 한쪽은 네 목을 그대로 두고 보겠다
고 하고 또 한쪽은 네 목을 수집하고 싶어 한다는 것이다.
강박증의 한쪽은 무관심이라면 또 한쪽은 이빨이다. 반신
반인이면서 반신불수인 강박증아, 증세가 심해지면 목구멍
안에 쓰레기를 채워 넣거나 목젖을 믹서에 갈아 버릴 수도
있겠지? 목이 몸의 전부라는 믿음이 너의 전부이니까.

  목에 두 개의 거짓말과 세 개의 우울과 바람을 넣자. 거
짓과 우울과 바람이 늘어나자. 찢어지자.

  찢어진 목에 찢어진 목을 담으면
  나는 네가 될 수 있을지도 몰라.

  "차라리 목을 베자."는 네 말에 나는 "내 한쪽은 네 목에
얼굴을 비비고 싶다고 하고 또 한쪽은 네 목에 손톱을 박
고 싶어 해."라고 말했다. "한 번 더 목을 붙여 보자."는 내

말에 너는 "몇 번이나 목을 다시 붙인다고 하더라도 다시 조르지 않겠냐."고 말했다. 그 순간에도 나는 네 목소리의 굵기와 목의 상관관계에 대해 생각했다.

## 안토르포파지(anthropophagy)

　설탕으로 만든 해골과 두개골을 갉아먹으며 당신은 내 귀에 대고 속삭였지. 모피의 질을 개선하기 위해 고양이에게 고양이 고기를 준 파리의 어느 모피상 이야기, 들어 본 적 있니?

*

　당신은 내 넓적다리와 가슴과 뇌장을 식초에 뿌려 먹을 거라고 한다.
　당신의 사람인 나는 내 눈동자와 혀와 불안과 골수와 절망과 심장을 잠 속에 넣었다.

　고양이를 낳는 태몽을 꾼 다음 날의 나는 손톱 같은 시간처럼 녹아내렸다.
　그 시간 안에서 당신은 할퀴고 물어뜯는 소문이고 나는 어찌할 줄 모르는 소문이다.

　어떤 태몽 안에서는 비가 뼈처럼 내리기도 했다. 고개를 들고 그 뼈를 다 받아먹은 후

잠에서 깬 나는 폭우 치는 밤을 당신이라 명명하며 『밤과 안개』를 읽었다.

나치의 수용소 안에서 어떤 수감자가 어떤 수감자의 인육을 먹을 때의 표정을 당신과 나의 관계라고 볼 수도 있겠다. 나치의 눈을 피해 어떤 수감자의 뼈와 피부를 파헤치는 어떤 수감자의 피골이 상접한 알몸이 당신과 내가 나눈 사랑의 모습이기도 하다. 가시철조망에 걸려 있는 시체 같은 태몽이 나를 이어 붙였다.

『밤과 안개』처럼 우리는 잊어버린 것과 잊지 못하는 것 사이에서 교차되었다. 폐허 같은 기억과 거부하고 싶은 시간을 오가면서 『밤과 안개』는 완성되었지만 우리의 폭력적 관계는 아직 완성되지 않았다.

부족한 사랑은 생명에 지장을 일으키기도 하지만, 훼손된 사랑은 굉장히 맛있기도 하다.
그래서 당신은 늘 나를 고파했고, 나는 때로 도망치고 싶었다. 도망치고 도망치다 다시 당신에게 내 살을 내어 주기를 반복했다.

*

반은 사실이고 반은 가짜인 이야기 같은 사랑이다.

## 못의 시간

절절 매달려 있는 태양이다

간절해서 하양, 더 간절해지고 싶어서 넘기다 만 달력,
계속 간절해질 것 같은 얼굴,

그 얼굴에서 오렌지가 쏟아져 나온다 캘리포니아! 캘리
포니아! 캘리포니아! 소리치는

얼굴을 벽에 박았다

고정되어 있는 믿음이 필요했으니까

떨어지지 않는 관계이고 싶었으니까

(막 떨어뜨려질 공이었으니까) 탁자를 둥글게 잘랐는데 좀
더 둥글게 보다 둥글게 깎여

발바닥이 무감각해질 때까지 걸었다

혀는 눈처럼 하얗게 코는 붙잡는 형식을 유지하면서 수
채화처럼 예쁘게 뭉개지고 있었다

"내가 관심을 가지도록 해 봐"라는 말과 같이 떨어지려
고 했던 불안이었다 (꽃다발이 떨고 있었으니까)

불안은 직선으로 뻗어 나가려고 하는 속성을 지니고 있
다 "끝 없는 끝"임에도 불구하고

얼굴을 꺼내는 태양

바구니 안의 새는 볼 수 없다

코끼리의 코와 뱀의 꼬리를 묶어서 만든 매듭이다 좀
더 꽉 보다 꽉 묶여

풀리지 않는 말이다

두더지와 어둠을 공유하지만 물을 나누어 마시지 않는

구름처럼 즐겁고 괴로운 그 말이

　박혀 있는 얼굴이다

# 세면대는 어떤 것이든 씻을 수 있다고 말했니?


지금부터 나는 꺾인 기분을 목으로 말할래.

끊임없이 등질 곳을 찾는 저녁. 추워지겠지, 속삭이는, 머리,

그때마다 생각했어. "망쳐 버린 관계는 왜 버릴 수 없는 걸까?"

늘 나는 나를 버리고 온 곳에서 발견돼.
다시 주워 온 목은 "나는 어쩌다 나를 꺾지 못하는 걸까."

내가 가장 예뻤을 때는 비밀
내가 가장 예뻤을 때 나의 "혀는 도마" "뼈는 칼"

계단이 발뒤꿈치에서 서성거렸지,
관심의 폐활량이 짧아졌다 길어졌지,
땅에 얼굴을 겹치고 조금 눈을 감았지,
그러고도 모자란대서 여기저기 말했지. 계속,

입. 씻고 싶은 목의 기분으로. 발랄하게.

발랄하게. 불쾌.

발랄발랄불쾌, 그것은 잘려 나간 사탕수수 같은 바람이
지. 식탁밖에 없는 식탁인 거지.
아무것이나 올려놓아도 상관없을 것 같은 식탁, 나는 그
것을 시간이라고 부르기도 했는데.

시간은 때때로 송아지, 아주 가끔 악몽, 아직도 울타리.

볼 때마다 달라지는 기분을 간섭하지 않아.
식탁에서밖에 볼 수 없는 관계에 대해 생각해.
식탁에서도 볼 수 없게 된 사람에 대해서는 생각하지
않은지 오래.

배려는 혀가 기쁨에 겨워 목을 조여도 이해하는 것.
절망은 체위를 바꾸어도 뜯는 습관을 바꾸지 못하는 것.

그러니까 "마지막은 언제나 문의 손잡이에 있다"고 했지만
세면대는 어떤 것이든 씻을 수 있다고 말하지 말아 줘.

## 서른이 되어도 이해할 수 없는 건 좋아하지 않는 사람과 밥 먹고 웃고 수다 떠는 것

처음은 육하원칙으로.
놀이 같은 것으로.

어떤 날은 담아 두고 싶지 않은 것을 말하는 방식으로.
가령, 바람이 불지 않는 동안 바람을 생각했던 것.
가령, 멍들지 않는 플라스틱 같은 것.

이름은 굴림체처럼 생일은 얼음처럼
성별은 트럭 같은 것으로 장소는 주저앉은 낙오자로
행동은 에필로그에 중독되어 왜? 자꾸 파고드는 거니?

계속되는 충고는 이국적이다. 치즈처럼 녹여 먹기 좋다.
목각처럼 깎인 혓바닥이다.
잘리다 만 혓바닥을 더 부러뜨리자. 죄책감처럼 갈수록
뭉툭뭉툭해지자.

마지막 밤. 너무 많은 입이 있던 방.
생각나?

어떤 종류의 다정함도 받아들이지 못하는 사람이라고
말한 것.

사람처럼 핥을수록 뾰족해지는 말이라고 말한 것.


그러니까 시작하지 말았어야 했다.

육하원칙처럼 묻고 또 묻는 놀이 같은 것.

# 사과

목울대처럼 검붉고 캄캄하다 하수구에서는 지렁이 같은 슬픔이 울컥울컥

잘못은 무성 생식이라는 것을 알았을 땐 빛을 주입시켜도 어둠이 계속 자라난다

\*

나는 어둠 속에 숨을 수 있으니 삼분의 일쯤 외롭다 똑바로 걷고 말하고 삼분의 일쯤 무난하고 삼분의 일쯤 무고하다

사과는 은유라는 것을 알지만 고양이처럼 나눌 수 없는 기분도 있다는 것을 알고 있지만

\*

사과 안의 나는 밖으로 나가기 위해 껍질을 깎았다 깎으면 깎을수록 꼬리를 무는 사과

그래서 거짓말과 T와 달력과 욕망과 속눈썹과 환상과 신발을 사과 안에 넣었다

*

쟁반 위에 사과가 놓여 있다: 목울대처럼 꾸역꾸역 사과를 받거나

쟁반 위에 놓여 있는 사과를 보는 내가 있다: 젖니를 빼듯 사과에서 빠져나가거나

쟁반 위에서 떨어진 사과를 보고 있는 나를 보는 내가 있다: 어쩜 실수로 떨어졌을지도 모를 사과를 지켜만 보거나

*


없는 사과를 생각했다 잘못한 것 없이도 사과나무라는 뜻을 생각했다 점점 아버지 같아지는 나를 생각했다

*


모든 것은 사과에서 비롯되었다

사과의 중심엔 혀와 그늘과 불길을 옮기는 바람과 칼과

사과 같은 사과

먹을 만한가?

## 떠난 사람들은 더 많아진다

떠난 사람들은 말이 많아 옷장에 가둬 두고 아침과 저녁에만 열어 본다.

나는 내 앞에서 발가벗고 있기를 좋아하는 거울.
거울은 익사 중인 나.

"목만 빠져 버렸어도" 좋았을 거라고 말하고 싶었을 때 입구는 좁고 출구는 없는 "병"은 코끼리와 목련과 자정을 섞은 겨울이 되어라. 거울 안의 겨울은 "아주 예쁘군." "아주 나쁘군." "양파처럼 계속 깔 것이 남아 있군."

관계는
발목을 찾는 안색

웃음에서 식물성을 발라낼 때마다 난간에서 떨어졌다.

비다. 툭툭
튕겨져 나가는 장미 가시다.
눈이다. 눈 같은

난간이다. 난간만 보이는 비다.

생각해 봤자 바뀌지 않는 사람들은
난간에서 떨어져도 병인 병과 병처럼 갑갑한 옷장.

옷장 주위에 저절로 생긴 날파리가 맴돌고 있을 때
거울 안에서 튀어나온 여섯 개의 혀가 날름거릴 때
말이 나를 벗길 때

떠난 사람들은 더 많아진다.

# 내 장례식에

몇 명이 왔니?

한꺼번에 접시들이 깨지는 방식으로 있는 힘껏 몸에서 하루가 떨어져 나갔을 때

봤지? 담벼락에 앉아 있는 의식의 다리가 후들거리는 것.

죽음은 투명해지는 것.

내가 내 얼굴에 손가락을 넣고 죽음을 깨달았을 때

(귀신은 쓸데없이 말이 많으니까) 들어 볼래? 이야기를 들어도 나에 대해 더 많은 것을 모르게 돼. 나의 말에 영원히 잠잘 수 없게 돼. 고백처럼 흉측해지게 돼. 말의 뜯어진 실밥. 더, 뜯어 볼래?

수화기는 침묵의 자세로 달리아는 화분의 자세로 나는 저녁의 자세로 얼굴 속에서 시계를 꺼내고 시계 속에서 거울을 꺼내고 거울 속에서 나를 꺼내도…… 신체 부위 중

어둠이 가장 많은 곳은 의식이라는 것을 알게 돼.

(나는) "담벼락에 앉아" (나를) "봤지."

저녁은 조문객.
조문객은 관습.

죽음은 (몇 명이 왔는지에 의해서) 어떤 사람이 되는 일.
그러나 그것은 소문처럼 나만 모르는 나의 일.

눈앞에 양들을 떠밀자.
양의 뿔 같은 저녁을 세자.
뚫는 양의 세계에 진입!

그래도 묻게 돼.
"몇 명이 (안) 왔니?"

# 내 장례식에


아무도 나와 악수하려고 하지 않았으므로 나는 오른손
과 왼손을 악수시켰다

손뼉이다 세 번이다 노파가 되는 꿈이다 매일매일
늙고 싶다 죽지 않을 만큼만

오른손은 뙤약볕에 달구어진 미끄럼틀 왼손은 물렁물렁
한 장미 오른손은 운행 정지된 엘리베이터 왼손은 근하신
년을 기원하는 연하장 오른손은 구구구구구구구구구 정
수리에 감정을 쏟아내는 비둘기 왼손은 북쪽을 향해 있는
나침반

마른 회초리에서 8월이 피었기 때문에 원숭이처럼 7월
이 왔다
구구구 길 잃은 비둘기를 기다리는 것만큼 흥미로운 시
간! 칼로,

찌르면

손뼉이다 세 번이다 태어나는 꿈이다 구름같이
사라지고 싶다 장난 같을 만큼만 구구구구구구

죽은 사람의 흉내를 내는 시간과 시간처럼 조용한 죽은
사람이 필요했기 때문에
아무도 나와 악수하려고 하지 않았고 나는 오늘도 오른
손과 왼손을 찾지 못했다

5부

## 장례의 차례

장의사는 계단에서 떨어지는 순간 감정의 무게에 대해
생각했다
그것은 관의 가로 세로 높이를 가늠하는 일

전깃줄이 떨고 있다 사다리도 떨고 있다면 빗방울이 떨
어질 것이고
공이 떨고 있는 것은 손 때문이지만 접시는 왜
깨지기 전에 떨어지는 걸까?

오늘은 짧기도 하고 길기도 해서
모자를 썼다가 새장을 샀다

울음을 터뜨리니까 레몬은
레몬이었던 적이 없던 것처럼 되어 버렸다

담장 아래 기다림이 짐작할 수 없을 만큼 새 나간다는
것을 눈치챘을 때
감정의 무게가 시체처럼 떠올랐다

습관처럼 자를 찾는 사이
자꾸만 옆으로 삐져나오는 무릎

뚝,
부러지는 나뭇가지처럼,

이제 죽음이 장의사를 이해할 차례이다

# 보증인

가끔 호주머니를 잃어버렸다.
그때마다 보증인과 마주쳤다.

그때부터 의심은 심부름센터 직원처럼 레버를 당기듯 초
인종을 눌러 댔다. 증폭되었다. 목소리는 뉘앙스를 포함하
고 있다는 편견은 어디에서 비롯되었을까?

때마침 외출하기 직전이었는데,
난간인 듯 얼굴이 휘청거렸는데,

의심에 대해 질문하는 심부름센터 직원과 질문에 대해
의심하는 나 그리고 보증인이 있었다. 그런데 보증인이 되
기 전에는 어떤 사람이었을까?

## 예감

체념은 아름다워 구름다워

구름을 세었지 구름을 세면서 습관적으로 "비는 6시 방향에서 올 예정"이라고 말했지

구름은 지붕 위를 걸어가는 장미
참나무 옆 말굽버섯처럼 일렬횡대로 선 코알라코끼리범고래
입안 가득 저녁을 물고 있던 부엉이

구름처럼 가만히 소란스러운 나는
그럼에도 두부를 사러 가기로 했지

두부를 사러 가는 건 행복한 일 생각 없이 발등을 밟고
그런데 여긴 왜 왔니? 묻는 일
태양의 목처럼 그늘을 만드는 일 5월의 과수원 방향에서 손을 찾다가 자정이 되는 일

두부를 쥔 손을 꼭 쥐고

녹색의 구름이 되었지 감색의 구름이 되었지 잃어버린 구름이 되었지 "모든 시간은 이제 외로울 차례"라고 예감의 말을 예정했지

# 통

사랑한다는 것을 증명해 달라는 당신의 질문을 통 속에 넣어 두기로 했다

물을 담은 통과 양식을 담은 통과 재를 담은 통 사이에 당신의 질문이 담긴 통을 놓아둔 뒤부터

창밖에서 공중으로 라임나무가 뿌리를 뻗어 나가기 시작했다
제멋대로 나 있는 그 길 위에 저녁이 트렁크를 들고 서 있다

통 통 통 뛰어다니는 토끼의 눈동자는 붉고
퉁 퉁 퉁 뽑힌 이빨에서는 첼로가 쏟아지고

어떻게 말해야 할까

생각하다가 바다에서 고래를 만나면 빈 나무통을 던져 주었다는 선원에게 통이란 어떤 의미일까 생각하다가

언젠가 당신이 내 마음 속에서 죽게 되더라도 당신의 물음은 죽지 않아

그때 통을 열어 보면 투명하면서도 눅눅하고 쉰내 나는 것이 나를 바라보고 있지 않을까

# 어쩜 코만 떠다닐 수 있을까

멀리서 보면 코코넛

그것이 내 쪽으로 걸어왔을 때 나의 기분은 식탁

알 수 없다는 말에는 만남과 이별의 맛이 섞여 있어

맛있니? 괜찮니?

물음은 자꾸자꾸 증발해

필라델피아, 필라델피아…… 햇빛이 치즈처럼 녹아내리
는 오후가 떠올랐다

조심스럽게 먹어도 더러워지는 혀 같은 해가 떠 있어

얼굴을 푹 눌러쓴 모자다

멀리서 보면 파라솔

그것을 향해 걸어갔을 때 나의 기분은 신발

알 수 있다는 말에는 체념과 이해의 토양이 섞여 있어

갑자기 비가 내려도 상관없지?

홀딱 젖은 기분을 뒤집어쓴 풍경이다

그것은 반짝반짝 빛나는 유리 조각

"애, 그것을 가지고 놀면 안 돼!" 호통치는 사람이 있다면

걱정은 고슴도치를 닮았으니

당신의 코는 칼이 되진 않을 거예요!

# 교도소


사유지에 무단 침입한 얼룩말과 통유리를 갈고 있는 정
원사와
모범수들의 유언장을 정리하는 간수를 엄청 큰 모자에
넣었다


인기척에 민감했으니까
종교가 다정할 때도 있다는 것을
넥타이가 필요 없을 때도 있다는 것을


보여 주고 싶었으니까


유머는 그토록 다혈질이다
담장은 담장 하나 차이로 사거리가 되기도 한다


아는 사람이 없어서 모범적으로 보여야겠다
툭하면 낙관적이게 되는 습관을 버려야겠다
나에 대한 단서는 나만 아는 것으로 했으면


3년이 조금 지나고 9년은 아직 안 되었을 때

두 번째 금고에 건강검진 결과표를 넣어 둔 것이 생각
났으면

사소한 것이지만 세탁기를 돌리는 법을 알게 된 후부터
일기예보가 과거형일 때 더 낯설다는 것을 알게 되었다

다음번에 접견실에 가면 세탁실이 있는 방향으로 앉아
야겠다

# 탐정 없는 탐정 소설


안락의자에 앉아 안심하는 하녀가 있다면
그 하녀가 어젯밤 환기구를 털고 있었다면


요리사의 코와
조향사의 코가
명백한 것처럼


명백하면서도 알 수 없는 수수께끼가 시작된다


무심코 떨어뜨린 디테일을 찾아
돋보기를 대고 손전등을 비추자


아침에는 모자 장수가 두고 간 브라이어 파이프로
점심에는 빗장이 부러진 창문으로
저녁에는 고양이 발자국으로


하녀는 변신에 능숙할 것이라는 고정관념은
의심은 병이 아니라고 생각하는 주인의 아집에서 시작
된 것인데

어쩌겠는가! 의심은 이미 순환하는 지하철을 타 버린 것을!

"하나의 사실에 두 가지 관점이 있을 수 없다"면서 주인은
　하녀라는 까다로운 트릭을 풀고 있는 것인데 "망할, 현기증!"

요리사는 비밀이 많고 조향사는 은근하고 그것과는 별개로
　공범자가 많은 사건에는 탐정이 없는 이유를 주인만 모른다

# 잠

Francisco Goya, Les Caprices I: planche 43.
「El sueño de la razón produce monstruos」


불만을 패키지로 끊고

수리공이 들어가는 구멍
속으로 들어가는 수리공

"여름이 끝나면 가을인 나라와 여름이 끝나도 여름인 나
라와 여름이 없는 나라를 모두 가 봤습니까?"

토마토를 꺼내며
여름입니다 나는

"정수리만 보는 가발 제조사 같다구요?"

칫솔질칫솔질
하양검정하양

그리고 일요일
폐쇄된 동물원

곰에게 먹히고 있는 수리공

"모든 나라의 일시정지 표지판에는 "불행만 예언할 수
있다"고 쓰여 있습니다."

틀린 것을 들키지 않기 위해 노력하는 신이
곰의 가죽처럼 질긴 잠 속에서 토마토를 꺼내자

예상 밖이라는 표정으로 수리공이 빠져나왔다

# 예의의 결여

그렇지만, 나무늘보를 키워 보지 않겠습니까? 취향에 맞지 않는다면, 데이지나 모조 거북도, 괜찮습니다,

*틀림없이 잠을 마음껏 쏟을 수 있는 목구멍이기 때문에, 괜찮습니다,*

확인해 봐도, 괜찮습니까? 쿵쿵 분홍 목구멍 안으로, 층층 분홍 페인트를 덧칠하면서, 총총 쫓던 중, 쯧쯧 혀를 차는 고양이 얼굴에, 츤츤 콱 뾰족뾰족한 기분이 박혀 버렸으므로, 쿵쿵 사형수의 마지막 식사처럼 은근 요란하게! 범벅된, 닭고기, 완두콩, 블루베리, 잘린 혀, *(괜찮습니다)* 뒤죽박죽인 것을 보니 영락없는 남태평양제도입니다. 잠을 쏟지 않기 위해 수도관을 트는 사형수들이 수감되어 있는 남태평양제도입니다. 사형수들의 얼굴에 종이를 바르도록 지시하는 여왕이 주둔해 있는 남태평양제도입니다. 여왕의 포고문처럼, 길고 긴, 목구멍을, 내려가고 또 내려가도,

*괜찮습니다, 틀림없이 잠을 마음껏 쏟을 수 있는 목구멍이기 때문입니다.*

괜찮지 않습니다. 대부분의 나는 나에 대한 예의가 결여되어 있습니다. 괜찮지 않음에도 괜찮습니다 말하는 데 익숙해져 있습니다.

그렇지만, 잠은 불행한 사람에게 유일한 행복입니다. 선생님께서, 나무늘보를 키워 보는 것은 어떻겠습니까? 취향에 맞지 않는다면, 데이지나 모조 거북도, 괜찮습니다,

# 수렵 금지 구역

적정 서식 밀도가 필요하다

그곳은 장기 투숙객이라고 할지라도 간섭하지 않는 호텔들이 밀집되어 있는 곳이므로 보호받고 있다는 느낌을 줄 것이다

이를테면 그곳의 강우량만큼이나 희박하고 산발적인 관심인데 식민지 시대풍의 호텔이었고 텐트형 방갈로 옆을 지나가는 4륜 구동차와 때때로 검은 누

총기 허가증이 있어도 실탄을 장전할 수 없는 총은 완고한 포기를 뜻한다

경찰들은 점점 더 열악해져 왔을 뿐이었고 그곳에 있는 호텔 중 한 곳에는 5성급의 기본 요건인 안전 금고 같은 노부인이 있기 마련이었는데

결정적으로 스포트라이트를 받은 건 노부인처럼 수많은 레퍼토리를 얼굴에 욱여넣은 당신의 머리통이다 어찌 되었

든 당신은 그곳에서 밀렵꾼의 총처럼 능숙한 휴양이었다

0

제라늄이 피기 전의 나뭇가지 앞에서 나는 매달리는 그림자
제라늄이 핀 후의 나뭇가지 앞에서 나는 저의를 확인하고 싶은 마음


까맣고 하얗다
길고 깊고
짧다

목이 없다
가시도 없다

보라색 스타킹을 신는 저녁을 배경으로
허벅지는 젤리처럼……

너는 위독하게 초인종을 누르고
나는 있는 힘껏 계단을 밟고

눈이 녹기 전의 모습으로 복원시킬 것!

생각 위에 얼굴을 펼쳐 놓고
혀 안의 보라를 꺼내 스타킹 속에 넣을 것!

그대로 멈출 것!

장난을 좋아하는구나
골목이 골목을 잃어버리듯

나는 나도 모르게 상냥해진다

나는 나를 교수대에 매달린 얼굴을 기어코 보러 가는 사람이라고 불렀다

그런 나를 나는 관람석의 안대라고 불렀다

혀는 아래로아래로보다더아래로 꺼지는 교수대 마룻바닥
나는 포승을 매단 사형수의 목 같은 혀를 꽝꽝 얼리고선

녹으면 어쩌지?
눈물 흘려야지!

누가 그랬습니까? 내가 일제히 골목으로 몰려나왔을 때 나는 끝까지 혓바닥을 뱉어 내지 않았다
왜 그랬습니까? 내가 한꺼번에 입을 열었을 때 선로 밖으로 튀어나온 혓바닥들 (스테이플러로 꽝꽝 찍어 놨어야 했는데……)

교수대에 매달린 얼굴처럼 나를 쳐다보고 있는 혓바닥은 "나는 내가 아닐지도 모른다는 의심 덕분에 나와 싸우지 않고 지냈던 것입니까?" 말했고

아직도 입안에 가득한 혓바닥은 "그런 나를 보는 나는
내가 아니라고 봐야 하지 않겠습니까?" 말했다

# 소문

예쁜 나를 낳고 싶은 날엔 구름으로 만든 얼굴과 뿔로 만든 충만과

부레와 나쁜 연애와 꼬리가 긴 도마뱀과 다리가 여섯 개인 바람을 옥상 난간에 널어 두고

태교에 좋은 베토벤의 운명을 들으며 유리를 깨뜨려 먹는다

내 배 속에 거꾸로 들어선 나는 다리부터 꺼내져 탯줄이 목에 걸릴 운명!

죽음처럼 말랑말랑한 틈 속에서 나를 꺼내면 식인종의 선홍빛 잇몸이 시작될 것이다

나와 나는 모레가 지나면 모래처럼 껄끄러워질 사이여서 이십사 시간 동안 수다를 떨었고

세면대와 변기통을 구분할 수 없어서 위로와 비난을 같

은 뜻으로 생각했다

소문은 가능한 변기에 오래 앉아 속닥거리는 말을 엿듣기도 했는데

나는 손은 씻지도 않고 도망치는 소문을 다정하게 거울 앞에 앉혀 놓고 보기도 했는데

진짜 가짜인 나의 나는: 태양의 뒤편에 있는 그림자, 하수구에서 꺼낸 혀, 혀 같은 항문,

그러니까 나와 나의 대면은 항문의 표정을 뜯어보고 싶은 나머지 몸을 고꾸라뜨리는

불편 같은 것! 딸기처럼

달콤한 나는

이란성 쌍둥이처럼 닮은 쌍꺼풀과 닮지 않은 인중을 가

진 나를 낳고

(잠시) 암전이다

# 폭설

붕대가 풀어진다.

흰 눈동자들에 싸인 병원이다.

떨어지는 흰 눈동자들의 세계는 가능성의 희박.
희박한 것이 어울리는 새벽. 새벽은 플라스틱으로 만든 심장.

물렁물렁한 사람아, 울음은 사양하지 말고, 호흡의 상냥함은 질질 끌고 다니도록 해라.
용수철처럼 튀어 나가다가 그만큼까지만 튀어 나가도록 해라.
그리고 계속해서 붕대를 풀도록 해라.

# 도벽

예뻐지고 싶어!

(그렇지만) 아빠의 매부리코, 증조할머니의 주걱턱, 이모
의 오다리,
　집착하는 버릇은 엄마를 닮았지
　증오해 돼지고기를

　도벽으로도 훔칠 수 없는 것을 생각하다
　(아빠) (증조할머니) (이모) (엄마) 무덤 허무는 것에 열중!

　도둑맞은 건 침착함
　혹은 다정함이지만

　나무처럼 우둔한 나는

　살금살금 웅크리는 고양이의
　뼈를 비집고 비집다
　골목의 틈을 갖고 싶어

어느새 유연성 없는 저녁
사라지는 나의 자세는
있던 자리에 있는
정글짐!

고개를 불쑥 드는,

# 왜 인사 안 해?


발을 동동 구르지 말아 줄래요?
불이 켜지면 작품처럼 나를 바라보고 있는 그것들

부끄러워요
부끄-부끄-러워요
(BUQ BUQ에서 탈출할 수 있을까요?)

미술과 마술의 공통점은 관중들이 지켜보고만 있어야
한다는 것인데요

이곳이 정말 미술관이었다면!
평평 울지 못했을 거예요

나는 5분 전까지 몽상에 가까웠지만 5분 후부터는 사실
적입니다
추상파에서 입체파로 바뀌었다는 뜻이기도 합니다
조만간 파이프오르간에서 파이프를 빼는 설치미술도 가
능할 것 같지 않나요?

이곳이 정말 마술 공연장이었다면!
여기 있지 않았을 거예요

아직도 키스를 하기 위해 벌어진 입술이지만
대체할 수 없어 감탄사를 남발했고

얼굴, 흔들흔들흔들,
(과)
삐거덕삐거덕, 얼굴,

나는 양파가 될 수도 있지만
나는 장미가 되고 싶기도 합니다

토끼가 나오길 기대했는데
도끼가 나왔다며 까무러칠 테지만

내가 알게 뭐람

계시(癸時)인지

계시(啓示)인지

그것들은 아직도 작품처럼 바라보고 있는 중입니다만

나는 갑자기 불쑥 튀어나온 교차로
뽑혀 나온 슬픔으로서 방긋, 방긋,

아직 투명한 교양에게, (도리도리)
(까꿍) "왜 인사 안 해?" 묻는다면,
이제 우리 영영 인사 나눌 거니까요!

(늙지 않는 거짓말의 인사말로 괜찮았나요?)

# 아가들

너는 많은 토마토사람이구나. 나는 더 많은 토마토사람이 되고 싶어.
떨어뜨렸다. 손의 위치에서 손을. 토마토의 위치에서 토마토를.


계단을 밟고 밟다가 핥는 허벅지. 위로는 필요 없어. 속
도가 필요할 뿐.


오래 살기 위해선 해 산 물 돌 소나무 달 구름 불로초
거북 학 사슴
평범하게 살기 위해선 쥐 소 호랑이 토끼 용 뱀 말 양
원숭이 닭 개 돼지
왜 겹치는 게 아무것도 없을까. 봄은 단문일까.


못된 것만 닮는 아가들은 나를 또,
열까, 말까.


꽃 같은 변덕을 목에 꽂고 아가들은 계절의 손목을 당겼
지. 저의를 갖고
사라지는 목덜미는 생겨나는 가로수. 그때마다 나는 "계
속 폐를 끼치는군요."


알아들었을까? 뺨은 독사인 것. 태양은 끝을 모은다는 것.

결심은 그런 것이라는 것.

밟고 밟으니까 펼쳐지는 얼굴을 밟는
악몽은 한 다발의 아가들. 없는 발로 잘도 걷는 악의들.

계속 걷고 있는 악의들아, 계속 질문하는 아가들아, 다
발, 다발아,

나의 숟가락은 자궁 모양이란다. 나의 배꼽은 예쁘게 박
은 입술이란다.
나의 귓속은 펼쳐지지 않은 길이란다. 나의 의자는 나무
를 기억하지 못한단다.

허벅지를 핥고 핥다가 계단을 올라가는 의지.

그러니까 수화기처럼 "잘 지내세요." 말하자,
거울에서 식초를 꺼내자! 진심에 어울리는 얼굴을
도려내자, 토마토가 으깨지는 방식으로 있는 힘껏 손에
서 떨어지는
"결심들"

# 엄마 배 속에서 죽은 두 명의 엄마에게

유방은
쌍둥이

라고 말했다 엄마 배 속에서 죽은 두 명의 엄마는

젖과 혀를 구분하지 못해 혀를 뽑아 먹고 있었는데

배는 남겨두기로
손은 보루네오에
목은 자메이카에

엄마 배 속에서 엄마는 가장 활기차게 울었다 뱀에 초
록을 섞고
배꼽위에얼음을올려놓고꽃다발과구두는나란히나란히흐
트러지게

웃었다

찌르고
찌르면 뒤로 밀려나는 바늘이 세 발 달린 토끼가 되어

서 귀처럼 속닥거리고

뒤집고
뒤집으면 옷을 입듯 웃고 울고

배 위에 소나기가 내리는 저녁을 올려놓았다
사랑한다고 말했다
꼬리 같은 사랑을! 어금니 앙다문 사랑을! 전신주에 걸
려 있는 사랑을!

왜 "4를 구부려 만든 동그라미는 얼굴이 되지 못했을까?"
"석회질의 몸에서 부스러기가 눈물처럼 떨어질까?"

질문은 고무고무
탄성력을 발휘해

펼쳐지지 않는 길을 펼쳐도
엄마처럼 바다와 같은 점괘를 가지고 태어났으니 비어
있으면서 닫혀 있는 지문

엄마 배 속에서 죽은 두 명의 엄마에게
뱀처럼 둘둘 말아 다시 집어넣어지고 싶은 기분에게


뒤집힌
배로도


가 보고
싶었어


찐득찐득
사탕수수
모리타니


그러니까 앞으로 가을에서 거울을 끄집어낼 땐
익은 것보다 날것을 좋아하는 습성을 버리지 않아도 된
다고 말해 줄게


배 안에 피뢰침과 파랑과 옥탑을 들여놓고

가위로 허공을 자르자 목련이 피어났다
까마귀 살결로 만들어진 목련이, 반짝,

약간 발랄해진 후회는 쥐약을 먹고
새는 부리로 저녁을 터뜨리는 척하지 않기로 했다

# 울음의 방식

오늘 비가 일본식으로 내린다.

울지 않는다면 죽여 버리겠다는 사람과
울지 않는다면 울게 해 보이겠다는 사람과
울지 않는다면 기다리겠다는 사람과

그 사람들의 방식에 대해 생각하는 사람이 있다. 그 사람은,
흐른다. 번진다. 흐르면서 번진다. 번지면서 흐른다.
지나갔다.


궤도를 벗어난 별의 근황은 궁금하지 않다. 생각에 차례
는 없는 것이라면 충혈된 눈을 살갗이라고 부를 수도 있겠
다. 말은 발이고, 발음은 울음이겠다.


모스부호처럼 딱딱
운다. 장님의 지팡이처럼 탁탁


여름의 토마토처럼 붉어지는 감정
배는 물 위에 있을 때 안정감


고서에서는 새를 동화(同化)의 사람이라고 부른다. 금서
에서는 새를 외면(外面)의 사람이라고 부른다. 유목민들은
새를 죽음이라고 부른다. 나의 새는 울음이다. 새를 부를

때마다 나는 흙의 어제처럼 약간 봉긋해졌다.

# 새

神은 희망을 주려고 四季를 주었지만 나는 神을 부정해 눈을 주웠다.
눈에 유리를 넣어서 더 이상 순수가 없는데도 악의가 없다.
말에 같은 개수의 송곳니가 있는데도 내게 실망한 神이 실명했으면.


나는 神의 손이다.

나의 의사와 상관없는 일이다.

나는 그렇다고 말하지 않았다.

# 생각하는 여자는 괴물과 함께 살고 있다

### 전영규(문학평론가)

## 끝나지 않는 괴물 신화(新話)

오랜 시간이 지난 후에도 그것에 대한 이야기는 계속 이어지고 있었다. 신화나 전설, 상상 속 이야기에서나 나올 법한, 소위 '괴물'이라고 불리는 존재에 대한 이야기. 인간이 아닌 것들. 인간이라 하더라도 인간이라고 불리면 안 되는 것들. 인간도 동물도 아닌, 초인적인 힘을 지녔지만 그렇다고 신(神)도 아닌 것들. 정확하게는 인간이라고 규정해 놓은 범위에서 벗어난 것들. 그것은 인간이 아니었기에 그들(They)이 아닌 '그것(That)'으로 불렸다.

그렇다면 다음과 같은 의문을 던져 본다. 첫 번째, 그것들을 '괴물'이라는 비정상의 범주로 몰아가는 정상적인 '인

173

간'이라는 기준은 과연 무엇일까. 두 번째, 그것들은 왜 괴물이 되었을까. 플라톤은 『파이드로스』에서 다음과 같이 말한다. "나는 나 자신을 탐색한다네. 그렇게 해서 내가 만나는 것이 튀폰보다 더 모양새가 복잡하고 사나운 짐승이건, 아니면 본성적으로 신적이고 온순한 천분을 타고난 단순한 생물이건 간에, 중요한 건 나 자신을 사유하는 나라네."* 인간은 나 자신을 탐색하는 존재다. 그 과정에서 내가 만나는 것이 튀폰보다 사나운 짐승이든 더 순하고 온순한 천분을 타고난 단순한 생물이든 간에 중요한 건 나 자신을 사유하는 나다. 자기 자신을 사유할 수 있다는 점에서 인간은 짐승과 구별된다. 그런데 문제는 그 과정에서 내가 만나는 모든 것들을 "사나운 짐승" 혹은 "단순한 생물"로 치부하고 있다는 점이다. 사유하는 나의 행위가 나 이외의 다른 존재를 향한 우월감을 확인하는 용도로 쓰여선 안 된다. 나 이외의 다른 존재들을 사납거나 무지한 짐승과도 같은 야만인이나 경계해야 할 이방인으로 인식하는 과정에서 그것들은 괴물이 된다.

여기까지 봤을 때, '그것은 왜 괴물이 되었을까'라는 두 번째 의문 또한 어느 정도 해결된 셈이다. 나 이외의 다른 존재, 인간이 이해할 수 없는 영역에 놓여 있는 것들이야말로 괴물이라 불리는 자일 것이다. 나에 대한 사유가 나 이

* 플라톤, 조대호 옮김, 『파이드로스』(문예출판사, 2008), 18쪽.

외의 다른 존재들을 발견하게 했고, 인간이기에 가능한 사유가 신성시되다 보니 내가 이해하거나 설명할 수 없는 존재들은 인간이 아닌 것들로 치부되고 있었다. 인간이 나 자신에 대한 사유를 멈추지 않는 한, 내가 이해하거나 설명할 수 없는 타자의 영역은 반드시 발생한다.

괴물의 존재는 정상적인 인간이라는 기준에 의문을 제기한다. 인간과는 다른 비정상의 범주에 놓여 있는 것이 괴물이라면, 그와는 반대로 정상적인 인간이 지녀야 할 조건은 무엇인가라는 의문이 뒤따른다. 타자를 인식하는 일은 이제까지 당연하게 여겨 왔던 기존의 규범이나 관습에 의문을 제기하는 일로 이어진다. 나와 다르다고 해서, 심지어 같은 인간임에도 불구하고 어떤 존재를 인간이 아닌 것들로 치부해 버리는 최악의 경우를 제외하고 말이다. 예를 들면 그 시절의 노예나 유대인, 유색 인종, 성소수자, 매춘부, 이민자, 야만인, 선천적인 기형을 갖고 태어난 장애인, 고대 플라톤 시대부터 피 흘리고 임신하고 출산하는 자연에 가깝다고 인식되던 여성이라는 존재들. 이른바 사회적 범주 안에서 이해받지 못하는 사회적 약자에 속하는 자들. 인간이지만 인간이 아닌 자격을 갖고 있는 존재. 이해받을 자격마저 주어지지 않는 존재. 그들이 바로 이 시대의 괴물에 속하는 자다. 그들의 삶에 대해 사유하는 일이야말로 정상적인 인간의 기준에 의문을 제기하는 일이다. 그들이 왜 괴물이 될 수밖에 없었는지, 같은 인간임에도 불구하고

이 세상은 왜 그들을 비정상적인 범주로 몰아넣는지에 대해 생각하는 일.

이쯤에서 이르사 데일리워드의 짧고도 강렬한 시 「인트로」를 읽어 본다. "그 전조들이 내게 경고했던,/ 크고 검은 이방인이 나다."\* 당대의 전조들로부터 경계해야 할 크고 검은 이방인이라는 위험한 존재가 있다. 그리고 시인은 고백한다. 그들이 내게 경고했던 '크고 검은 이방인'이 바로 '나'임을.

### 두 번째 인트로

"물음은 칼이다."(「고백」) 여기 또 한 명의 시인도 고백한다. 시인은 내 안에 오래도록 숨겨 둔, 날선 물음과도 같은 위험한 언어를 드러내고자 한다. 이 시집의 첫 부분에 수록된 두 편의 시는 자신을 괴물로 만든 세상에 대한 이야기이자, 그곳에서 괴물이 될 수밖에 없었던 나에 대한 이야기이다. 시인은 이 시집을 읽을 자들에게 다음과 같이 경고한다.

크고 검은 이방인으로 불리며 경계해야 할 위험한 대상으로 취급되어 온 자와 마찬가지로, 나 또한 "독사에게 물

---

\* 이르사 데일리워드, 김선형 옮김, 『뼈』(문학동네, 2019)

려도 죽지 않는 돼지. 살인자의 망치 혹은 독살자의 컵. 필라델피아 주변을 돌고 돌다가 디트로이트에서 모피를 밀수하는 프랑스인"과 같은 불온한 삶을 전전했지. 당신들이 믿는 현실을 허구로 만들어 버리는, 나의 입에서 나도 모르게 쏟아져 나오는 것들을 들어 봐. 당신들이 보기에 나의 문제가 소위 "파스칼식"이라고 불리는, 간절한 사유의 시간이 부족하기 때문이라는 말도 안 되는 생각을 하고 있다면, 이 글을 읽지 않는 게 좋을 거야. 지금 나에게 "필요한 현실"이 무엇인지, 인간이 갖춰야 할 조건이 무엇인지 충고하기 전에 (닥치고) "나와 대화를 나눠 줄래?" 애초부터 나는 당신들이 생각하는 범위 밖에 있는, 당신들이 이해하거나 설명할 수 없는 타자의 영역에서 태어난 존재야.

내가 "어떤 말에도 동요 없이 안정된 자세를 유지"할 수 있는 건 "이미 충분한 슬픔"과 "결핍의 결핍으로 결핍"된 내가 되었기 때문이지. 애초부터 슬픔과 결핍이 난무하던 현실에 적응하기 위해 배워야 했던 나만의 생존 방식이었지. "내게 필요한 건 현실이라는 방이 아니라 허구라는 입." 당신들도 곰곰이 생각해 봐. 여태까지 나와 같은 부류가 하는 말을 제대로 듣기나 한 적 있는지. "나는 나에 대해 말하기 위해" 기꺼이 죽음마저도 선택할 수 있어. 지금부터 나의 입에서 나도 모르게 쏟아져 나오는 모든 것들은 현실과 허구의 경계를 무너뜨리는, 전복과 부정으로 이루어진 위험하고 불온한 시(詩)가 될 거야. 나의 입을 빌린 그것의 존재가 들려주는 이 시대의 괴물 신화(新話)가 될 거야.

자, 시인이 준비한 인트로는 여기까지. 그러고 보니 서론이 길어졌다. 지금부터 현실을 허구로 만들어 버리는 시인의 입에서 나오는, 이 시대의 끝나지 않는 괴물 신화를 이어 나가 보자.


**나에게는 죽지 못하는 나와 살지 못하는 나라는 두 개의 딱한 자아가 있소**

"아직 내가 살아 있는 이유는 준비되지 않는 마술이기 때문일까, 사람들에게 받아들여질 수 없는 마술이기 때문일까?"(「공동체」) 그럼에도 불구하고 내가 죽지 않고 아직까지 살아 있는 이유는 완성의 시간이 필요한 미숙한 존재여서일까, 아니면 당대의 사회적 통념으로는 받아들여질 수 없는 인간의 조건을 지니고 있어서일까. "나에게서 도망치는 나."(「밤의 모자」) "건너편의 나"와 "건너편의 나를 바라보는 나."(「건너편」) "나는 내가 아닐지도 모른다는 의심 덕분에 나와 싸우지 않고 지냈던 것입니까?"라고 말하는 나를 쳐다보고 있는 혓바닥과, "그런 나를 보는 나는 내가 아니라고 봐야 하지 않겠습니까?"라고 대답하는 나의 혓바닥.(「나는 나를 교수대에 매달린 얼굴을 기어코 보러 가는 사람이라고 불렀다」) "아무도 악수하려고 하지 않았고 오늘도 오른손과 왼손을 찾지 못"하는 나. "죽은 사람의 흉내를 내는 시간과 시간처럼 조용한 죽은 사람이 필요"한 나.(「나의 장례식에」, 127쪽)

권박의 시에서는 종종 분열된 두 명의 '나'가 등장한다. 끝끝내 악수를 하지 못하고 서 있는 거울 앞의 나처럼, 두 명의 나는 꿈과 현실, 의식과 무의식, 삶과 죽음 사이의 경계에 서서 서로를 바라본다. 스스로를 근심하거나 진찰할 수 없음에 안타까워하는 나. 죽어서도 끝끝내 화해하거나 만날 수 없는 나라는 존재는 영원한 아이러니다. 분열된 두 개의 자아와 관련해 권박의 시에서 자연스럽게 이상을 떠올릴 수 있을 것이다.

"꿈은 나를 체포하라 한다. 현실은 나를 추방하라 한다." (이상, 「아포리즘, 낙서, 기타」*) "공동체에서 떨어졌기 때문에 무덤은 나를 꺼내려 하고/ 개인의 자격으로 나는 무덤 같은 모자 안으로 들어가려 하고."(「공동체」) 그 어디에도 그들이 안전하게 머물 공간은 없었다. 꿈에서도 감금되는 나. 나를 추방하는 현실. 무덤에서마저도 쫓겨나는 나. 무덤 안으로 들어갈 수밖에 없는 나. 이상에 이어 권박의 시에 등장하는 자아 또한 꿈과 현실, 의식과 무의식, 삶과 죽음 사이에서 분열되고 과잉되기를 반복하며 끊임없이 재생한다.

* 이상, 김주현 주해, 『정본 이상문학전집 3: 수필』(소명출판, 2009), 239쪽.

자정은 죽음의 잉여이고, 자정은 무녀처럼 불가능성의 가
능성을 보여주었으므로, 자정은 끊어진 입술을 반복하고, 반
복은 불안을 반복하고, 불안은 뼈대 없는 추측의 자세 같고,
추측은 몸 곳곳에 손톱자국을 예쁘게 기르고, 독사처럼 꿈틀
거리는 손톱자국이고, (그와 동시에 독사는 경멸과 닮은 자신
에 대해 말했는데 "할 말이 없는 얼굴로 하고 싶은 말을 하는"
자해의 방식과 같은 방식이었다) 칼을 든 경멸이구나, 그저 그
런 경멸이구나, 경멸에 충실해서 조롱이구나, 조롱에 가까워
서 패배했구나, 패배에 감염될수록 잉여스럽구나, 잉여스러운
자정이구나, 죽음을 알고 싶은 마음과 죽음을 알고 싶지 않
은 마음이 겹치는 시간을 자정이라고 하는구나, 자정이 커브
를 틀면서 '오늘은 늘 오늘이구나'라고 혼잣말한 것을 듣는 사
람이 있구나, 그 사람은 자정의 방식과 같은 방식이구나, 나는
그 사람의 방식과 같은 방식이구나, 자정이었으므로……

　　　　　　　　　　　　　　　　—「자정은 죽음의 잉여이고」


죽음이 잉여되는 순간, "불가능성의 가능성을 보여"주는
지점. "불안을 반복"하는 지점, "죽음을 알고 싶은 마음과 죽
음을 알고 싶지 않은 마음"이 동시에 발생하는 지점. "죽지
못하는 실망과 살지 못하는 복수", "살겠다는 희망도 죽겠
다는 희망도 아무것도 아닌 것을 희망"하는 지점. "나의 오
늘은 없듯 당신의 오늘도 없어지길 기다리고 있"(각주 25쪽)
다가 다시 오늘이 되기를 반복하는 지점. 서로의 목을 졸라

죽이고 싶어 하는 두 명의 나처럼 "반신반인이면서 반신불수인 강박증"으로 가득한 전복과 분열의 언어에 대해.

　다르게 말하면, 내 한쪽은 네 목을 그대로 두고 보겠다고 하고 또 한쪽은 네 목을 수집하고 싶어 한다는 것이다. 강박증의 한쪽은 무관심이라면 또 한쪽은 이빨이다. 반신반인이면서 반신불수인 강박증아, 증세가 심해지면 목구멍 안에 쓰레기를 채워 넣거나 목젖을 믹서에 갈아 버릴 수도 있겠지? 목이 몸의 전부라는 믿음이 너의 전부이니까.

　(중략)

　"차라리 목을 베자."는 네 말에 나는 "내 한쪽은 네 목에 얼굴을 비비고 싶다고 하고 또 한쪽은 네 목에 손톱을 박고 싶어 해." 라고 말했다. "한 번 더 목을 붙여 보자."는 내 말에 너는 "몇 번이나 목을 다시 붙인다고 하더라도 다시 조르지 않겠냐."고 말했다. 그 순간에도 나는 네 목소리의 굵기와 목의 상관관계에 대해 생각했다

—「목」(108쪽)에서

　시인의 언어는 살겠다는 희망도 죽겠다는 희망도 아무것도 아닌 지점에 이르러서도 그것들의 "상관관계에 대해 생각"한다. 시인이 골몰하는 상관관계는, 죽지 못하는 나와

살지 못하는 나라는 딱한 두 개의 자아와, 그 자아가 살고 있는 이곳의 세상에 대한 것이다. 이곳에서 내가 살기 위해서는 살겠다는 희망도, 죽겠다는 절망도 아무것도 아닌 지점을 향해야 한다. 참으로 아이러니한 일이 아닐 수 없는, 이 숙명적 업원을 짊어지고 한 평생을 내리 번민해야 하는 시인의 삶이다. 이상이 형상 없는 모던 보이가 되었듯이, 시인도 몇 번이고 나를 버리기를 반복하며 '뒤통수가 없는 괴물'이 된다.

　　그렇지만 모자를 베끼는 나와 나를 베끼는 모자의 일치점을 찾기 위해
　　언젠가는 모자의 몸을 베낀 나를 버려야 한다

　　권위적인 모자를 모사한 모자는 언제나 색다르듯, 베낀 나를 버릴 때의 나는 뒤통수가 없다
　　　　　　　　　　　　　　　　　　　　　　──「모자의 모사」에서

모자를 베끼는 나와 나를 베끼는 모자의 일치점을 찾기 위해 나를 버리는 일. 여기서 모자를 내가 살고 있는 현실 혹은 세계라 해 보자. 세계를 바라보는 나와 나를 바라보는 세계와의 상관관계에 대해 생각하는 일. 나와 세계와의 비밀스런 접점의 순간을 향해 "나는 나를 버려야 한다." 이후 나를 버린 나의 모습은 "뒤통수가 없다"는 말의 의미는

무엇일까. 그것은 앞으로 나에게 다가올 세상의 모든 것들을 외면하거나 회피하지 않고 정면으로 마주하겠다는 의지다. 나를 향한 끊임없는 불화와 균열에서 비롯한 시인의 언어는 어느덧 나마저도 탈피해 버린 형상 없는 모던 괴물로 탄생한다.

## 여자짐승괴물사유하기

죽음이야말로 "내가 가장 최선을 다할 수 있는" 것. "죽음에 대해 알아 갈수록 죽음과 나와의 거리를 직시하게 되는 나."(「리스트 컷」) 다가오는 죽음을 알아 가는 것이야말로 삶을 직시하는 일이고, 나에 대해 알아 가고자 하는 가장 강력한 의지가 아닐까. "나는 나에 대해 말하기 위해 자살했다고 말했고(⋯) 나는 자살을 시도한 사람들의 말을 진실이라고 전적으로 믿게 되는 걸 어떻게 하느냐고 그러므로 그와 같은 방식으로 흉측스런 징표와 흉터를 뺨에 달고 무덤에서 뛰쳐나오는 일이 주는 **감각적 매혹**으로 죽음에 아주 가까이 다가갔을 뿐이라고 말했고, 당신은 어떻게 몽상가들이 꿈꾸는 것은 현실이라고 말할 수 있냐고 말했다. (⋯) 죽음에 대해 알아 갈수록 죽음과의 거리를 직시하게 된다고 하더라도 나는 나에 대해 말하기 위해⋯⋯"(「리스트 컷」 각주 17쪽, 강조는 인용자)

죽음은 "흉측스런 징표와 흉터를 뺨에 달고 무덤에서 뛰쳐나오는 일." 보이지 않는 죽음의 속성은 시의 언어를 통해 감각적인 이미지로 구현된다. 내가 나에 대해 말하고자 할수록, 인간이 죽음에 대해 알아 갈수록 시의 언어는 현실에서는 불가능한 방식으로 죽음을 감각적이며 매혹적인 이미지로 구현한다. 이것이 문학의 언어가 환기하는 죽음에 대한 감각적 매혹이다. 바로 이 지점에서 시인은 다음과 같은 질문을 던진다. "그 상태로 버지니아 울프의 자살 이유에 대해 생각한다. 사라 티즈데일을 비롯해 **그 수많은 영민한 여성들은 왜 스스로 목숨을 끊었을까?** 신경증 때문에? 그들의 글은 과연 깊은 본능적 욕구의 승화(아, 이 끔찍스런 단어)였던 것일까? 그 해답을 알 수만 있다면, 내가 삶의 목표를, 삶의 조건을 얼마나 높이 내걸어야 하는지 알아낼 수만 있다면!"(「리스트 컷」 각주 16쪽, 강조는 인용자)

과연 그녀들은 무엇을 말하기 위해 죽음을 선택했을까? 나를 사유하는 일이 가능한 존재가 인간이라고 했을 때, 나에 대해 말할 수 없기에 죽음을 선택한 자들은 과연 어떤 부류에 속하는 것일까. **"여자가 남자와 같은 입장이 될 수 있는 때는 죽음의 순간뿐이라는 생각 때문일지도 모르겠다."**(「마구마구 피뢰침」 2번 각주 46쪽, 강조는 인용자) 나의 무수한 불화와 균열, 그녀들이 선택한 죽음에 대한 끝없는 의문을 통해 도달하고자 했던 시인의 사유는 이것이다. 나에 대해 묻는 일이 어떤 이에게는, 여성이라는 이유만으로 아무것도 아닌 것이 되어 버린다면, 결국 그녀들이 죽음을 선택해야만 사유하는 인간으로 인정받는다면, 그녀들에게 죽음이란 무엇인가? 바로 이 의문이 시인의 시 세계를 관통하는 죽음에 대한 사유다. 죽음에 관한 수많은 사유 중에서도 시인이 바라보는 죽음이 유독 낯설어 보이는 이유가 여기에 있다. 시인은 묻는다. 나에 대해 말하기 위해 자살하는 여성들에게 죽음이란 무엇입니까? 왜 그녀들은 죽어야 살 수 있습니까? 나에 대해 묻는 여자는 왜 괴물입니까? 그러니까, 왜, 그녀들은 '없는 이름'입니까?

조언하겠습니다.
이름이 없는 사람은 말이 없는 사람이어야 한다는 편견이 대화를 거절한다면, 편견의 노예에게, 편견은 편견이 없다는 편견에게,
똑같은 방식으로, 삿대질하라고!

"나에 대해 묻는 나는 왜 괴물입니까?"

**그러니까, 왜, 나는 없는 이름입니까?**

나는 낮 없는 밤입니다.
밤을 찢으면 낮입니까?

밤입니까?

뺨입니다.


뺨! 한 뺨 한 뺨, 짜깁기한, 후려치면, 팽그르르,

동서남북 마구마구 도는 나침반 같은, 뺨, 순간,

튀어나온, 핏줄과 핏줄로 뜬, 혓바닥들, 눈동자들,


선을 긋지 말아 주시겠습니까?


혓바닥들,

눈동자들,

한뼘한뼘,


믹서기에 넣고 돌리겠습니다.


내가 만든

벼락 소리


들으며

돌리며


나는 마구마구 피뢰침입니다.

완벽하게 뒤틀린 얼굴입니다.

일부러 부러뜨린 갈비뼈인 나는
빨강을 6이라고 6을 무덤이라고

말하겠습니다.

"순진한 척 해야 하는 건 질렸다."고.
"불순한 척 해야 하는 건 질렸다."고.

무덤의 식물성으로 무덤의 독백으로 무덤의 침착함으로 악
착같이

"경멸하겠다."고 말하겠습니다.
경멸은 냉혹해서 낭만적이므로

낭만적으로
흉측함으로

관통하고 싶습니다.
피를 뿌리겠습니다!

　　　　　　　　　　—「마구마구 피뢰침」*에서


　지금부터 하는 이야기는 나에 대해 묻는 순간 괴물이
되어 버리는 어느 이름 없는 여자짐승에 대한 이야기다. 나

에 대해 사유하는 여자가 인간이 아닌 괴물이 되어 버리는 아이러니한 세상에 대한 이야기. 이 아이러니한 숙명적 업원을 짊어지고 한 평생을 내리 번민해야 하는 형상 없는 모던 걸이자 이름 없는 존재로 살아가야 하는 자. "나의 뇌를 피뢰침 삼아" 공포를 매일같이 받아들일 준비를 하는 자. "낮 없는 밤"과 같은 세상에서 사는 자. "짜깁기한 197개의 심장"을 지녔고, 한 뼘 한 뼘, 짜깁기한, 후려치면, 팽그르르, 동서남북 마구마구 도는 나침반 같은, 뺨, 순간, 튀어

* 이 시집의 표제작이기도 한 이 시와 관련해 참고할 만한 작품이 있다. 페미니스트 예술가 린 랜돌프의 미술작품 「측정불가능한 결과」가 그것이다. 도나 J. 해러웨이의 『겸손한 목격자』(갈무리, 2007, 34~36쪽)에 수록된 작품으로, 그림에 대한 간단한 설명을 해 보자면 이렇다. 한 여성이 자기공명영상(MRI) 의학장비 기계 안에 머리를 집어 넣고 누워 있다. 누워 있는 여성의 몸 위로 보이는 뇌파 진단 필름에는 "입 모양이 물고기의 열린 주둥이 같은 판타지 언어, 그와 나란히 떠 있는 남경과, 인형의 발처럼 물고기의 지느러미 모양을 한 고환, 게의 집게발로 무장한 포켓용 시계, 두개골에 망치질을 하고 있는 붉은 악마, 해골, 악어, 약탈자"가 보인다. 이러한 린 랜돌프의 작품을 두고 "은유적 리얼리즘과 사이보그 초현실주의가 결합"되어 있다고 평가하기도 한다. 린 랜돌프의 작품들은 페미니스트 작가들과 협동 작업으로 이루어진 경우를 종종 볼 수 있는데 「측정 불가능한 결과」 또한 생물학자이자 페미니스트인 해러웨이와의 협업으로 만들어진 것이다. 해러웨이는 린 랜돌프의 작품을 두고 "서양의 자기 형성이라는 오랜 전통 속에서 내가 그리는 자화상"이며 이곳이 "바로 나의 책이 시작되는 곳"이라 말한다. 린 랜돌프의 그림과 해러웨이가 말하는 괴물, 그리고 「마구마구 피뢰침」을 비롯한 시인이 구현하는 전반적인 시 세계는 묘하게 닮아 있다. 화가 린 랜돌프의 또 다른 작품을 보고 싶다면 'http://www.lynnrandolph.com' 사이트를 참고하기 바란다.

나온, 핏줄과 핏줄로 뜬, 혓바닥들, 눈동자들"이 마구마구 뒤섞여 완벽하게 뒤틀린 얼굴을 지닌 자. 페미니즘의 폭발이라고 할 정도로 젠더 이슈가 활발히 이루어지고 있는 이 시기에 시인은 다시 한번 묻는다. "아직도 공동체의 완성은 보호받는 여자인데 어떻게 해야 합니까?"(「마구마구 피뢰침」)

사유하는 여자짐승괴물과 관련해 해러웨이는 다음과 같은 말을 한 적 있다. "이성애와 가부장제는 남성 백인을 인간의 표준으로 삼는 사고에 의해 성립되었을 뿐 아니라, 이러한 인간을 세계의 중심으로 여기는 인간 중심주의를 유지하고 강화한다. 여성주의의 지향이 소위 '정상 인간'으로서의 권리를 쟁취하는 데 머무르는 한, 여성주의적 성찰은 가부장제의 반담론에 불과하게 된다."* 이 말의 의미는, 인간이 규정해 놓은 '정상 인간'의 기준을 다시 한번 생각해 봐야 한다는 것이다. 이어서 해러웨이는 인간 중심주의에서 비롯한 정상 인간을 구분하는 경계를 무너뜨리는 존재들을 제시한다. 해러웨이의 저서 『유인원, 사이보그, 그리고 여자』에 나오는 원시인과 문명인 사이에 놓여 있는 유인원, 기계와 유기체의 잡종이자 괴물인 사이보그, 동물이면서 여성 유방 유전자를 지닌 앙코마우스의 존재가 그것이다.

* 김은주, 「도나 J. 해러웨이」, 『생각하는 여자는 괴물과 함께 잠을 잔다』 (봄알람, 2019), 110~111쪽.

해러웨이가 "나는 여신보다 차라리 사이보그가 되겠다"*
고 선언한 것처럼, 시인도 자신을 다음과 같이 소개한다.
"나는 마구마구 피뢰침입니다." 시인의 선언은 나를 사유하
는 여성을 인간이 아닌 괴물로 보는 세상, 사유의 행위에서
도 여성을 배제하는 기존 철학의 모순만을 지적하고 있는
게 아니다. 남성과 여성을 구분하는 기준을 비롯해 정상
(인)과 비정상(인), 문명(인)과 야만(인)처럼 모든 것을 인간
중심주의로 바라보는 세상의 편견에 의문을 제기하고, 그
것을 구분하는 것 자체를 부정하겠다는 의미다. 정상 인간
의 경계를 넘나들며, 피뢰침을 들고 다가올 공포를 온몸으
로 받아들일 준비를 하는, 동서남북 마구마구 도는 나침반
같은 뺨과 핏줄, 혓바닥과 눈동자가 마구마구 뒤섞여 완벽
하게 뒤틀린 얼굴을 지닌, 스스로를 측정 불가능한 유동의
상태에 놓는 자.

　나의 시는 "여자하기와 짐승하기라는 끝없는 '하기'의 도
정 속에 놓여 있는 일종의 작용"이라고 하는 어떤 이의 말
이 떠오른다. 나의 시는 "한사코 나이면서 나와 다른 것,
나 아닌 것, 낮은 것, 분열된 것, 작은 사람들을 향해 가는
하기의 작용"**이라고 했을 때, 시인의 시도 '하기'의 과정에

* 도나 J. 해러웨이, 『유인원, 사이보그, 그리고 여자』(민경숙 옮김, 동문선,
　2002), 325쪽. 위의 책에서 재인용.
** 김혜순, 『여성짐승아시아하기』(문학과지성사, 2019), 10쪽.

놓여 있다. 나에 대해 사유하는 여자이자 짐승이자 괴물이라는 존재. 시인이 공포를 삼키는 순간, 어느 누구도 예측하지 못한 아름다운 세상의 풍경이 다시 한번 펼쳐지고 있었다. "배 안에 피뢰침과 파랑과 옥탑을 들여놓고/ 가위로 허공을 가르자 목련이 피어났다/ 까마귀 살결로 만들어진 목련이, 반짝,"(「엄마 배 속에서 죽은 두 명의 엄마에게」)


## 생각하는 여자는 괴물과 함께 살고 있다*

오랜 시간이 지난 후에도 그것에 대한 이야기는 계속 이어지고 있었다. 신화나 전설, 상상 속 이야기에서나 나올 법한, 소위 '괴물'이라고 불리는 존재에 대한 이야기. 스핑크스, 미노타우르스, 레비아탄, 메두사, 보디세야, 아마조네스, 크고 검은 이방인. 그 시절의 노예나 유대인, 유색 인종, 성소수자, 매춘부, 이민자, 야만인, 선천적인 기형을 갖고 태어난 장애인, 고대 플라톤 시대부터 피 흘리고 임신하고 출산하는 자연에 가깝다고 인식되던 여성이라는 존재. 이른바 사회적 범주 안에서도 이해받지 못하는 사회적 약자에 속하는 자들. 원시인과 문명인 사이에 놓여 있는

* "생각하는 여자는 괴물과 함께 잠을 잔다"(에이드리언 리치, 한지희 옮김, 「며느리의 스냅 사진」, 『문턱 너머 저편』, 문학과지성사, 2011, 47쪽)에서 변용.

유인원, 기계와 유기체가 결합된 변종 사이보그, 동물이면서 여성 유전자를 지닌 앙코마우스. 그리고 독사에게 물려도 죽지 않는 돼지, 살인자의 망치 혹은 독살자의 컵, 필라델피아 주변을 돌고 돌다가 디트로이트에서 모피를 밀수하는 프랑스인. 나에 대해 사유하는 여성이라는 숙명적 업원을 짊어지고 한 평생을 내리 번민해야 하는 형상 없는 모던 걸, 완벽하게 뒤틀린 얼굴을 지닌 '마구마구 피뢰침'이라 불리는 존재.

괴물로 비유되는, 아직 인간이 이해하거나 설명할 수 없는 낯선 미지의 영역을 들여다본다. 그곳은 인간의 이성이나 사유로도 닿을 수 없는 타자의 속성을 닮아 있다. 이러한 타자는 "거대한 힘을 지닌 괴물의 이미지로 세계에 등장한다. 유명한 신화들은 언제나 괴물을 목격하여 지혜를 얻은 자를 그린다. 오이디푸스와 스핑크스, 테세우스와 미노타우르스, 욥과 레비아탄의 만남이 그렇다. 인간은 괴물을 가두고 자신에 관한 지혜를 얻지만, 이때 괴물은 설명되지 않은 채 여전히 어둠 속에 있다."* 그렇다면 오랜 시간이 지난 지금에 이르러서도 괴물들에 대한 이야기가 계속 이어져 내려오는 이유는 무엇인가. 무엇이 어둠 속에 숨어 지내는 낯설고 위험한 그것들의 존재를 불러내는 것일까. 그건 아마도 여전히 나 자신을 끊임없이 탐색하는 인간의 사유

* 김은주, 앞의 책, 10쪽.

일 것이다. 사유와 함께 내가 설명하거나 이해할 수 없는 나 이외의 다른 존재인 그것 또한 자연스럽게 발생하게 된다.

"나에 대해 묻는 나는 왜 괴물입니까?" 아직도 나에 대해 사유하는 여성을 괴물로 바라보는 세상에 대해 생각해 본다. 애초부터 사회 구성원에 속하지 않았던 존재이기에 주어질 기회가 없었던 여성의 인권을 되찾고, 그에 따른 제도적 변혁을 시작한 것이 페미니즘 운동의 기원이다. 제도적 변혁을 시도하는 선언적이고 구호적인 차원을 넘어선, 개인의 의식 속에 고착화되어 있는 의식 혁명에 치중하는 일. 넓은 의미에서, 여성이 나에 대해 사유하는 모든 행위가 페미니즘 운동에 속한다고 해 보자. 그렇다면, 나에 대해 묻는 여성과 관련한 모든 행위가 페미니즘으로 불리지 않는 그날이 오기를 바란다. 인간이 인간답게 살아갈 생각을 하는 일. 여성이 자신을 사유하는, 지극히 당연한 행위를 새삼스럽게 여기지 않는 세상이 되는 일. 나에 대한 사유가 인간의 우월함을 확인하는 행위가 아닌, 모든 이들에게 당연한 권리로 여겨지는 세상.

어떤 이들에게는 사유가 곧 삶의 생존과 관련된다. 사유가 여성뿐만 아니라 모든 이들의 당연한 권리로 여겨지기까지 죽음을 선택한, 어느 이름 없는 여성들을 떠올려 본다. 인간의 죽음과 관련해 해러웨이는 다음과 같은 말을 남긴다. "죽음의 긍정이 절대적인 기본이라고 생각한다. 죽음을 찬미한다는 의미에서의 긍정이 아니라, 솔직히 말해서, 죽어야 할 운명이 아니라면 우리는 아무것도 아니라는 의미에서 그렇다."* 이는 "죽음은 모든 사람에게 공통적인 것"이라는 라틴 문구와 함께 시인이 언급한 "여자가 남자와 같은 입장이 될 수 있는 때는 죽음의 순간뿐이다."라는 말이 지닌 의미와도 닮아 있다. 나를 말하기 위해 "죽음"을 선택한 그녀들의 죽음을 기억하자. 평생 이름 없이 살아간 여자들, "아직도 남자의 이름으로 살고 있는 여자들"(「마구마구 피뢰침」)**의 존재도 기억하자. 언젠가 "그녀들이 내 마음 속에서 죽게 된다고 하더라도 그녀들의 물음은 죽지 않을 것이다."(「통」에서 변용)

마지막으로 기억해야 할 것이 있다. "메리 셸리가 밀턴의 『실낙원』에 등장하는 인간을 빌려 『프랑켄슈타인』을 썼으나 그와는 전혀 상관없는 괴물을 탄생시켰듯, 메리 셸리의 『프랑켄슈타인』에 등장하는 괴물을 빌려 「마구마구 피뢰침」을 썼으나 그와는 전혀 상관없는 괴물을 탄생"(「마구마구 피뢰침」 각주 4번, 47쪽)시킨 어느 여자짐승괴물시인의 이름. 앞으로 괴물과 함께 평생을 살아가야 할 숙명적 업원을 짊어진, 불온하고 아름다운 괴물을 탄생시킨 권박의 첫 시집을 기억하자.

---

* 김은주, 앞의 책, 해러웨이의 말 재인용, 115쪽.

** 이와 관련해 지금 이 글을 쓰고 있는 나는 과연 남자일까요, 여자일까요?

시인이 우리에게 제안한 대화는 여기까지다. 이 시집을 읽은, 앞으로 다시 한번 읽어야 할 우리들이 해야 할 일이 있다. 이제 우리가 권박이라는 이름으로 불리는, 불온하고 아름다운 여자짐승괴물시인을 이해할 차례이다.

지은이　권박

1983년 포항에서 태어나 서울에서 자랐다.
동국대학교 문예창작과를 졸업했으며,
동국대학교 국어국문학과 박사 과정을 수료했다.
2012년《문학사상》으로 등단했다.
시집 『이해할 차례이다』로 제38회 김수영 문학상을 수상했다.

# 이해할 차례이다

1판 1쇄 펴냄 2019년 12월 17일
1판 2쇄 펴냄 2020년 3월 11일

지은이 권박
발행인 박근섭, 박상준
펴낸곳 (주)민음사

출판등록 1966. 5.19. (제16-490호)
서울특별시 강남구 도산대로1길 62(신사동)
강남출판문화센터 5층 (06027)
대표전화 02-515-2000 / 팩시밀리 02-515-2007
www.minumsa.com

ISBN 978-89-374-0886-1 04810
　　　978-89-374-0802-1 (세트)

* 이 도서는 2019년도 아르코문학창작기금 지원사업에 선정되어 발간된 작품입니다.

* 잘못 만들어진 책은 구입하신 서점에서 교환할 수 있습니다.

민음의 시

**민음의 시
목록**